ERWIN GROSCHE

ANNE UND DIE BANKRÄUBER

Ein Kinderkrimi

mit Illustrationen von Christoph Mett

PADERBORNER KINDERBUCHVERLAG

Erwin Grosche

ANNE UND DIE BANKRÄUBER

überarbeitete Neuausgabe des Buches:
»Anne, Bankräuberkurt und der Plastiktütenschatz« (2006)
von Erwin Grosche

1. Auflage 2014

Paderborner Kinderbuchverlag
Erwin Grosche und Harald Morsch
Krämerstraße 8-10
33098 Paderborn
Telefon 0 52 51/6 26 24
www.paderborner-kinderbuchverlag.de
www.erwingrosche.de

Druck: Media-Print Group GmbH, Paderborn
Umschlagentwurf / Illustrationen: Christoph Mett
Gestaltung Inhalt: Harald Morsch
Lektorat: Frank Becker, Wuppertal
Gesetzt mit der Times

Gedruckt in Deutschland ISBN13 978-3-945204-00-9

Inhalt

In Kapitel 1

wird erzählt, wie alles begann: Von Anne und einem traurigen Tag, von einem Halbbruder, der röchelt wie eine Kaffeemaschine und von zwei merkwürdigen Männern in Schwarz.

Alles begann am Tag der Beerdigung. Ich schaute ungläubig in die Welt und hatte Angst vor dem Abschiednehmen. Ich wusste noch nicht, dass dies nur der Beginn von unglaublichen Tagen war, die unser aller Leben verändern würden.

Auf dem Friedhof schien die Sonne und leuchtete jeden Flecken aus. Alles hing reglos in der Hitze herum und litt. Baum, Strauch und Mensch ließen ihre Köpfe hängen. Papa hatte darauf bestanden, dass ich das schwarze Samtkleid anzog, das Oma einmal für mich genäht hatte. Ich hasse dieses Kleid. Ich sehe darin aus wie eine Bürostehlampe. Ich konnte nicht glauben, dass Mama gewollt hätte, dass ich mich an ihrem Ehrentag in dieses Kleid zwänge und mich zu Tode schwitze. Mama fehlte mir, obwohl ich sie noch um mich spürte, wie alles, was wichtig war.

Wir bildeten nur eine kleine Gruppe, die um das ausgehobene Grab stand. Die meisten kannte ich nicht, glaubte aber, Mamas Frisörin unter den Trauernden zu entdecken. Auf jeden Fall war dort eine Frau, die sich extra für diesen Tag die Haare aufgedonnert hatte. Sie sah aus wie ein Blumenkohl und hielt sich dauernd ein Taschentuch vor die Augen, obwohl sie gar nicht weinte. Ich verstand gar nicht, warum so wenige Leute zu Mamas Beerdigung gekommen waren. Niggi, mein Freund, war auch nicht gekommen. Er hatte mir doch versprochen, da zu sein, wenn ich ihn brauche. Verräter. Ich sah auch sonst niemanden aus meiner Klasse. Wahrscheinlich hatte Papa wieder vergessen, allen Bescheid zu sagen. Papa vergaß sowieso immer alles, aber seitdem Mama tot war, vergaß er manchmal sogar das. So waren wir nur wenige und drängten uns aneinander wie Pinguine.

Der alte Priester sprach in ein Mikrofon, damit man ihn verstehen konnte. Der Lautsprecher quietschte, und die tröstenden Worte quetsch-

ten sich aus ihm heraus wie Kinder, die durch eine zu schmale Tür auf den Pausenhof stürmten. Es waren Allerweltsworte. Aber was kann man auch sagen über einen Menschen, den man gar nicht gekannt hat? Ich konnte mich jedenfalls nicht erinnern, dass Mama und unser Priester, Herr Dinslaken, sich mal getroffen hätten, um über den Tod zu reden, und selbst wenn, war Mama niemand, der viel von sich her machte, sondern lieber zuhörte. Das konnte sie nun. Der Priester sprach von der Liebe und dass sie ewig währen würde. Ich wollte gar nicht weinen, aber als der Sarg in die Erde gelassen wurde, kamen mir doch die Tränen. Meine Mama war lange krank gewesen, und ich dachte eigentlich, ich hätte mich schon verabschiedet. Aber plötzlich kullerten mir die Tränen nur so aus den Augen und ich sagte rasch »Tschüss, Mama«, bevor ich eine Sonnenblume in ihr Grab warf.

Sonnenblumen waren ihre Lieblingsblumen gewesen, weil sie immer den Kopf zur Sonne wendeten und das Licht suchten.

Ich schaute auf Papa, der in seinem schwarzen Anzug aussah wie ein Oberkellner. Er hatte trotz der Hitze seinen grauen Pullunder über das weiße Hemd gezogen und bemerkte nicht, wie ihm der Schweiß von der Nase tropfte. Er lächelte abwesend, als wäre er mit den Gedanken ganz woanders. Ich ging wieder zu ihm und wollte gerade seine Hand nehmen – da trat ein Mann zu ihm, den ich noch nie gesehen hatte. Ich wusste sofort, wer er war: Vor mir stand Berti, mein Halbbruder aus Oldenburg. Er war Papa wie aus dem Gesicht geschnitten. Er sah immer noch so aus wie auf dem Bild, das bei uns auf dem Fernseher steht - wie ein Waldmensch, als wäre er mit einem Eichhörnchen verwandt. In seinem langen roten Haar hatten sich schon ein paar graue und weiße Strähnen versammelt, als wollte er mal Zauberer werden. Er trug eine Lederjacke und eine alte schwarze Jeans, die sich um seinen dicken Bauch so spannte, als wollte sie gleich platzen. Berti stammt aus Papas erster Ehe und gehört deshalb nicht ganz zur Familie, sondern nur halb. Er hat uns auch nie besucht, wenigstens nicht in der Zeit, an die ich mich hätte erinnern können. Ich wusste immer nur, dass er schon groß war und schnell Auto fahren konnte wie ein Rennfahrer. Nun war ich überrascht. Mir hatte niemand gesagt, dass mein Bruder kommen würde und dass wir erst das Abenteuer unseres Lebens meistern mussten, um uns gut zu verstehen.

Und das Abenteuer begann an diesem Tag.

Berti trug seinen Autoschlüssel in der Hand und wedelte so damit hin und her, dass der daran hängende Plastikaffe wild hin und her hüpfte. »Hallo, Anne«, sagte er mit tiefer Stimme. »Ich bin dein Bruder Berti. Erinnerst du dich noch an mich?«

Er lächelte mir zu, und tausend Falten umtanzten seine Augen.

»Du bist nur mein Halbbruder«, sagte ich zu ihm, obwohl ich wusste, dass das unhöflich war. Ich spürte, dass ich Lust hatte, jemandem wehzutun. Da kam mir mein Halbbruder gerade recht. Ich war gespannt, wie er reagieren würde. Doch er streckte mir nur eine Riesenhand entgegen und lächelte mich weiter an. Ohne es zu wollen, ergriff ich mit meiner kleinen Hand seinen Riesenpatscher und schüttelte ihn viel zu lange, als ständen wir unter Strom.

»Also gut, ich bin dein Halbbruder Berti«, sagte er. »Das tut mir leid mit deiner Mutter. Es tut mir auch leid, dass ich zu spät gekommen bin.«

Ich hörte leise lustige Musik und drehte mich um. Hinter der Friedhofsmauer, auf dem nicht asphaltierten Weg, stand sein Auto. Es war ein roter Schrott-VW-Bus mit einer schwarzen, irgendwann später mal ausgewechselten Heckklappe. Mir fiel auf, dass die Reifen dampften. Die Musik kam aus dem Innern, Berti hatte wohl vergessen, das Radio auszumachen.

»Wenn dein Vater in der Klinik ist«, sagte mein Halbbruder, »werde ich mich um dich kümmern.«

Ich schaute Papa an. Er nickte. Die Sache schien klar zu sein. Die beiden mussten sich hinter meinem Rücken abgesprochen haben. Ich war wie vor den Kopf geschlagen. Nicht nur, dass mein Vater in eine Klinik musste, nun stand auch noch mein Halbbruder vor mir und wollte bei uns wohnen. Ich war wütend. Ich wollte gerade schimpfen, als zwei Männer mich anrempelten und sich hinter uns stellten, als gehörten sie dazu. Ich kannte sie nicht, doch ich sollte sie bald besser kennenlernen, als mir lieb sein würde. Heute wunderte mich gar nichts mehr. Sollen doch alle kommen und gehen. Die Welt ist ein Taubenschlag und ich kann nicht fliegen. Ich schaute zu den beiden Männern hin. Der kleine Dicke von den beiden faltete die Hände, während der große Lange sich dauernd umdrehte und zwei Einkaufstüten wie Babys an sich drückte.

Wir beteten ein Schlussgebet und sangen ein Lied, ich musste fast darüber lachen, wie laut und falsch mein Halbbruder singen konnte.

»Papa«, flüsterte ich, aber mein Papa hörte mir nicht zu. Nun kamen auch noch Frau Niggemeier, unsere Ortspolizistin und zwei Helferinnen zu uns herübergelaufen, schauten dem großen Langen in seine Einkaufstüten und liefen dann wieder weiter. Was war da los?

Papa riss mich aus meinen Gedanken. Er stolzierte plötzlich wie aufgedreht los und war nicht mehr zu halten. Er konnte nirgends lange verweilen, seitdem Mama gestorben war. Es war so, als wüsste er nicht mehr, wohin er gehörte. Berti und ich schauten uns an und liefen dann zu seinem Auto. Berti humpelte dabei mehr, als zu laufen und stöhnte bei jedem Schritt. Ich schaute auf seine Schuhe und wunderte mich, dass man in diesen ausgetretenen Turnschuhen überhaupt noch laufen konnte. Ich sah ihn kopfschüttelnd an, aber er hatte sich schon stöhnend ächzend hinter das Steuer geklemmt. Berti startete den Motor. Er stieß von innen die Beifahrertür auf. Ich sprang auf den Nebensitz. Die Öllampe leuchtete auf.

Ich sagte: »Die Öllampe leuchtet auf. Du musst Öl nachfüllen.« Berti blinkte und fuhr los. »Die Öllampe leuchtet immer auf«, sagte er, »das ist völlig normal.«

Wir fuhren hinter Papa her. Er ging ruhig und zielstrebig durch unser Dorf, ohne nach links oder rechts zu schauen. Ich ahnte, was er vorhatte. Er war auf dem Weg zum Gasthaus Scholz, wo die Beerdigung ihren Ausklang finden sollte. Ich atmete auf, da wollten wir auch hin. Ich schaute mich um. In Bertis Bulli sah es aus wie in einem unaufgeräumten Kinderzimmer. Alles lag kreuz und quer auf einer Matratze, die den ganzen hinteren Heckbereich verstopfte. Zwei Einkaufstüten standen in der Ecke und waren mit einer Decke halb abgedeckt. Berti war ganz aufgeregt. Immer wieder sagte er: »Was hat er denn bloß? Was macht er denn nur?« Er fuhr im Schritttempo und suchte den Parkplatz hinter dem Gasthaus.

Berti zog seine Stirn in Falten. Er machte sich Sorgen um meinen Papa, der ja auch sein Papa war. Zum Glück fanden wir sofort einen Platz, wo wir den Wagen abstellen konnten.

Wir sahen durch die geöffnete Tür in den Festsaal, wo Papa mutterseelenallein an einem der Tische saß, die Frau Scholz für uns vorgesehen hatte.

Ich wollte aussteigen, bekam aber die Tür nicht auf.

Berti lief um den Bulli herum und rüttelte an der Beifahrertür, bis sie sich öffnen ließ. Er röchelte dabei wie eine verkalkte Kaffeemaschine. Papa winkte uns zu, als wir den Festsaal betraten. Hier war es nicht so heiß wie auf dem Friedhof. Frau Scholz hatte die Rollläden heruntergelassen und weit geöffnete Türen sorgten für Durchzug. Ich saß neben Berti und hielt mir die Nase zu. Es roch. Berti roch. Er roch nach seiner Lederjacke, nach viel zu viel gerauchten Zigaretten. Er roch nach alten Büchern und im Keller gelagerten Äpfeln.

»Ich habe immer an dich gedacht«, sagte Berti plötzlich. Er hielt ein zerknittertes Foto in der Hand, auf dem ich mit Papa und Mama zu sehen war. Papa nickte mir zu. Er saß uns gegenüber und trank zu viel Kaffee. Nach dem Tod meiner Mutter kannte er kein Maß mehr. Er ließ oft den Kopf hängen und wirkte klein und hilflos. Wenn er saß, stand er bald auf. Wenn er ging, suchte er wieder einen Platz. Ihm fehlte jeder Plan. Papa verschlang grade das dritte Stück Sachertorte, dabei mochte er gar keine Sachertorte.

»Hauptsache, es schmeckt«, sagte Frau Scholz, die Besitzerin des Gasthofs, goss meinem Vater noch einen Kaffee ein und legte auf seinen Teller ein viertes Stück Sachertorte.

Inzwischen waren auch unser Priester, Herr Dinslaken, eine Abordnung der Feuerwehr und die anderen Trauernden eingetroffen. Sie verteilten sich in dem viel zu großen Saal an einen der runden Tische. Doktor Kapuze, Papas Hausarzt, kam auf uns zu und setzte sich direkt neben ihn und streichelte seine Hände. Obwohl nun fast alle, die an der Beerdigung teilgenommen hatten, gekommen waren, sah es immer noch so aus, als ob viele fehlen würden.

Mein Halbbruder Berti saß neben mir und drehte sich eine Zigarette. Er zündete sie an und machte einen tiefen Zug.

»Ich habe fast mit dem Rauchen aufgehört«, sagte er und zog

an seiner Zigarette. Ich hustete übertrieben, als würde mich der Zigarettenqualm stören und schaute meinem Vater nach, der wieder aufgestanden war und unruhig hin und her lief. »Dafür, dass du fast mit dem Rauchen aufgehört hast«, sagte ich, »qualmst du ganz schön herum.« »Brumm, brumm, brumm«, sagte mein Halbbruder, als wäre er ein Teddy-Bär und ich hätte auf seinen Bauch gedrückt.

Nach dem Kuchen gab es Schnittchen. Als würde Frau Scholz noch mit weiteren Gästen rechnen, stellte sie alle Tische, auch die, an denen keiner saß, mit Riesenbergen Schnittchen voll. Wir mussten uns ranhalten. Berti aß eine Wurstschnitte nach der anderen und sagte mit vollem Mund: »Ich bin eigentlich Vegetarier, aber das Zeug muss ja weg.«

Ich schüttelte den Kopf. Oh Mama, wie konntest du mich alleinlassen! Plötzlich kam Frau Scholz in den Festsaal gestürzt und rief: »Herr Kleine? Wo sind Sie, Herr Kleine?« Hinter ihr stand Doktor Kapuze und schaute mich fragend an. Frau Scholz hatte ein Tablett mit dampfenden Klößen in der Hand, und alle wunderten sich, wer die noch essen sollte – bis wir schlagartig begriffen, dass mein Papa verschwunden war. Alles schaute plötzlich zu mir, als müsse ich es am besten wissen, wo mein Papa sich versteckt hatte. Aber ich bin die kleine Anne Kleine, ich weiß von nichts.

In Kapitel 2

wird erzählt, was sich vor der Beerdigung in der Stadt zutrug, was ein Tiger in einer Sparkasse sucht und wieso zwei Männer mit zwei Papiertüten auf den Friedhof von Atteln flüchten.

Um die Mittagszeit standen zwei Gauner mit ihrem Auto vor der Kreissparkasse Atteln. Sie warteten auf eine günstige Gelegenheit, die Bank zu überfallen. Sie hatten die Bank seit Wochen beobachtet und wussten, dass sie kurz nach der Mittagszeit am wenigsten besucht wurde. Die beiden schauten wie nebenbei auf die Uhr und wischten sich den Schweiß von der Stirn. Als nur noch drei Kunden, ein Kind, zwei Mitarbeiter und der Kassierer in dem Gebäude waren, machten sie sich bereit. Auto-Meier schaute in den Rückspiegel und setzte seine Sonnenbrille auf. Brat-Kurt zog sich eine Hasenmaske über und entsicherte seine Pistole, die er schnell wieder in das Halfter unter seiner schwarzen Windjacke schob.

Auto-Meier knackte seine Finger aus, atmete tief durch und schaute erneut in den Rückspiegel. Die Luft war rein. Brat-Kurt schob ein wenig seine Hasenmaske hoch und stammelte: »Auf ... auf ... auf geht's.«

Brat-Kurts Stimme überschlug sich immer ein wenig, wenn er aufgeregt war, und er war immer aufgeregt. Gauner wie Brat-Kurt und Co. saßen nicht ruhig in einer Ecke und drehten Däumchen. Sie liefen durch das Leben und zogen Ärger an, wie Frikadellen den Senf. Auto-Meier nickte. Er ließ den Schlüssel stecken und öffnete die Fahrertür des geklauten Volvo. Brat-Kurt schob seine Hasenmaske wieder zurecht und stieg auf der Beifahrerseite aus. Sie betraten den Schalterraum.

Auto-Meier mischte sich unter die Kunden und sicherte den Rückweg. Er drehte der Überwachungskamera den Rücken zu und tat so, als füllte er eine Spendenüberweisung für UNICEF aus. Brat-Kurt ging sofort zur Geldausgabe und hielt dem Kassierer sein selbstgemaltes Schild entgegen. Obwohl die Bank Aircondition hatte, schwitzte er unter seiner Hasenmaske. Der Kassierer, Herr Brönner, trug einen Tigeranzug und hielt an diesem Tag alles für einen Scherz.

»Was meinen Sie denn mit ›Überschall‹?«, fragte er lachend. Brat-Kurt stutzte. Er schaute auf das Schild. Er hatte tatsächlich »Überschall«, statt »Überfall« daraufgeschrieben.

»Ich mei ... mei ... meine natürlich Ü ... Ü ... Überfall«, stammelte Brat-Kurt und ärgerte sich, dass er aufgeregt war. Er wollte der Polizei nicht gleich auf die Nase binden, dass er Brat-Kurt war und in den Polizeiakten stand stehen hatte, dass er stammeln konnte wie ein Biber. »Ü ... Ü ... Überfall«, plapperte der Bankbeamte ihm nach. »O, o, o, oh.«

Brat-Kurt riss seine Pistole heraus und schoss die Überwachungskamera aus. Man sollte Brat-Kurt nie unterschätzen. Er hasste es, wenn man sein Aufgeregtsein nachmachte. Der Kassierer begriff jetzt den Ernst der Lage. Im Schalterraum entstand Unruhe. Ein Bankkunde schrie auf. Ein Mann warf sich auf den Boden, das Kind weinte. Auto-Meier schlich sich aus der Bank. Er wollte schon mal das Fluchtauto starten. Der Banküberfall schien zu klappen. Sie würden bald reich sein.

»Ich habe verstanden«, sagte der Schalterbeamte, Herr Brönner. »Ich war nur ein wenig überrascht.«

Brat-Kurt steckte seine Pistole weg und schob zwei gefaltete Marktkauftüten durch den Glasschlitz. Er hatte extra im Marktkauf diese Tragetaschen besorgt, um unauffällig mit dem Geld verschwinden zu können. Herr Brönner faltete eine der Tüten auseinander und schaute sich hilfesuchend um. Erst jetzt fielen Brat-Kurt die Girlanden und die Lampions im Schalterraum auf. »Was ist denn hier los?«, fragte er. »Wir haben eine Kostümfeier und wollten gleich die Filiale schließen«, sprach der Bankbeamte. »Wir feiern heute 30-jähriges Bestehen.« »Gratuliere«, flüsterte Brat-Kurt.

»Danke«, sagte der Bankbeamte. »Kann aber sein, dass wir heute Abend unser Feuerwerk wegen dieses Überfalls verschieben müssen.« »Tut ...tut mir leid«, seufzte Brat-Kurt.

Er schaute sich um. Erst jetzt fiel ihm auf, dass der Bankbeamte, Herr Brönner, einen Tigeranzug trug. Der Beamte setzte einen Tigerkopf auf, um seine Verkleidung komplett zu zeigen.

Brönner

Brat-Kurt schaute auf den Tiger und kam sich unter seiner Hasenmaske wie das Opfer vor. Ein Hase hat doch keine Angst vor einem Tiger, oder? Verärgert hielt er seine Pistole hoch. Sofort nahm der Tiger seinen Kopf wieder ab.

»Wenn Sie morgen kommen würden«, sagte Herr Brönner, »ginge alles viel reibungsloser.« Brat-Kurt sah nach draußen. Auto-Meier saß bereits im Fluchtauto und schlug ungeduldig auf das Lenkrad ein. »Sch ... Sch ... Schluss mit dem Unsinn«, sagte Brat-Kurt und nahm seine Hasenmaske ab. Er schwitzte darunter und bekam keine Luft mehr.

»Sie sehen ja aus wie ein Kaninchen«, sagte eine Frau, die ihm direkt ins Gesicht starrte und auf seine zwei vorstehenden Zähne zeigte. Na super, dachte Brat-Kurt, da kann ich ja gleich noch erzählen, dass ich Brat-Kurt heiße und in der Liliengasse 12 a in Paderborn wohne. Dann muss die Polizei nur noch kommen und mich holen. »Die Zäh ... Zähne«, stammelte er, »sind nicht echt.«

Brat-Kurt drehte sich wieder zur Geldausgabe um und schrie den Schalterbeamten an: »Pa ... pa ... packen Sie alles ein, was wert ... wertvoll ist«, schrie er unruhig, »aber dalli!« Herr Brönner schaute sich ratlos in seiner Glasbox um. »Und zwar dalli, dalli!«, wiederholte Brat-Kurt.

Herr Brönner überlegte nicht lange und packte als Erstes einen aktuellen Jahreskalender in die Marktkauftüte, steckte hastig vier Parkscheiben dazu und holte aus einer Schachtel fünf Sparkassenkugelschreiber, um sie dem Räuber zu überlassen.

»He, Sie Scherzkeks«, zischte Brat-Kurt böse, »ich will Ihr Geld.« »Natürlich«, sagte Herr Brönner. »Natürlich, ich habe verstanden.« Sofort füllte er beide Tüten mit allen Geldscheinen aus Safe und Schalterschublade.

»Das werden 80.000 Euro sein«, murmelte der Bankbeamte, als wolle er darüber noch eine Quittung haben. Er begann auch noch, das Münzgeld in die Tüten zu kippen, als Brat-Kurt abwinkte.

»Das ... das reicht«, schrie er, »für so viel Geld muss eine alte Frau lange stricken. Den … den Rest können Sie bei Ihrer Party auf den Kopf hauen.« »Danke«, stammelte Herr Brönner, öffnete die Tür aus Panzerglas und stellte das Geld heraus.

Brat-Kurt nahm es an sich. Stolz schwellte sich seine Brust. Der Überfall war seine Idee gewesen. Immer und immer wieder hatte er Auto-Meier bekniet, diesen Coup mit ihm zu landen. Er hatte ihm viel Geld versprochen und ein sorgenfreies Leben auf Tahiti. Er hatte Recht behalten. Nun konnten sie dort in Saus und Braus leben.

»Wagen Sie es nicht, die Polizei anzurufen«, schrie er, »sonst komme ich ... ich zurück!«

Brat-Kurt stürmte aus der Bank und sprang in den Wagen. Er warf seine Hasenmaske auf die Rückbank und reckte den Daumen nach oben. Sie waren reich. Auto-Meier drehte den Zündschlüssel des geklauten Volvo, aber außer einem Seufzer war dem Wagen kein Ton zu entlocken. Auto-Meier fluchte. Der Schweiß lief ihm von Stirn und Nase.

»Was ... was ... was ist denn das?«, schrie Brat-Kurt. »Die Scheißkarre springt nicht an!«, schrie Auto-Meier und versuchte noch einmal, den Motor zu starten. Es nützte nichts. »Da ... da ... das merke ich auch«, zischte Brat-Kurt. Sie hörten eine Polizeisirene. Brat-Kurts Warnung schien Herrn Brönner nicht lange abgeschreckt zu haben. »Oh, oh, oh«, sagte Brat-Kurt und schaute nach hinten. »Hast du nicht getankt?«, fragte Auto-Meier und wischte sich den Schweiß von der Stirn. Brat-Kurt lachte hysterisch. »Wie ... wie ... wieso denn ich?«, schrie er. »Du, du wolltest doch tanken.«

Auto-Meier schlug auf das Lenkrad und rieb sich die Augen. Er war Auto-Meier, er klaute Autos, aber er betankte sie nicht. Er tippte nervös mit dem Finger an die Tankanzeige. Der Zeiger, der gerade noch halb voll angezeigt hatte, sauste ins Bodenlose. Der Tank war leer.

»Wenn du mir mal zuhören würdest«, schrie Auto-Meier, aber Brat-Kurt hörte nicht hin, sondern schaute panisch in den Außenspiegel. Sie konnten schon das Polizeiauto sehen, das mit hoher Geschwindigkeit auf sie zuraste. Die beiden Gauner nickten, Brat-Kurt drückte die beiden Marktkauftüten an sich, und wie auf Kommando verließen sie gleichzeitig das Fluchtauto, das nun keines mehr war.

Sie liefen durch die kleine Stadt. Bei der Hitze waren

sie fast die einzigen Menschen auf der Straße. Brat-Kurt und Auto-Meier liefen am Kriegerdenkmal vorbei in Richtung Friedhof. Sie hörten noch, wie das Polizeiauto quietschend vor der Bank haltmachte.

Es war ein kleiner Friedhof. In der Mitte stand ein Kreuz, und rundherum waren die Gräber zu einem Stern angeordnet. Direkt hinter dem Kreuz war gerade eine Beerdigung im Gange. Jemand in einer Feuerwehruniform spielte Trompete.

»Mach schon, Brat-Kurt«, flüsterte Auto-Meier. »Wir stellen uns zu den anderen ans Grab.«

Sie waren schwarz gekleidet und fielen unter den Trauernden nicht auf. Zum Glück hatte Brat-Kurt seine Hasenmaske abgesetzt. Sie wussten, dass die Polizei sie in diesem Augenblick überall suchen würde. Sie schwitzten und schauten auf den Boden. Sie durften nicht auffallen. Unauffällig wischten sie sich mit ihren Jackenärmeln den Schweiß aus dem Gesicht. Bald würde die Polizei auch den Friedhof absuchen.

»Wir müssen die Marktkauftüten loswerden«, flüsterte Auto-Meier. »Du ... du ... willst unser Geld loswerden?«, flüsterte Brat-Kurt. »Doch nur für 'ne Zeit, du Idiot«, flüsterte Auto-Meier, »wenn die Luft rein ist, holen wir uns die Knete wieder.« Er sah hinter sich. An der Friedhofsmauer stand ein alter VW-Bus, aus dem Musik erklang.

Auto-Meier und Brat-Kurt nickten sich zu. Brat-Kurt bewegte sich vorsichtig zum Auto hin und rüttelte an der schwarzen Heckklappe. Niemand in der Trauergesellschaft achtete auf sein Verschwinden. Alle waren gerade damit beschäftigt, Sonnenblumen in das offene Grab zu werfen. Die Heckklappe war unverschlossen. Brat-Kurt öffnete sie. Im hinteren Teil des Wagens standen zwei Marktkauftüten, die genauso aussahen wie ihre. »Das nenne ich Glück«, flüsterte Brat-Kurt.

»Das kannste laut sagen«, flüsterte Auto-Meier, der plötzlich hinter ihm stand.

Schnell tauschten sie die Marktkauftüten aus dem Kofferraum gegen ihre beiden aus. Auto-Meier bedeckte die Beute mit einer muffeligen Decke.

»Macht es gut, meine Schätzchen«, flüsterte er. »Wir holen euch wieder ab, wenn die Luft rein ist.«

Gerade, als die Polizei auf die Idee gekommen war, den Friedhof nach zwei schwarz gekleideten Gestalten abzusuchen, waren sie schon wieder bei den Trauernden und taten so, als würden sie beten. Brat-Kurt drückte die beiden Marktkauftüten aus dem Auto an sich wie zwei Koalabären. Sie standen direkt hinter einem Mädchen, einem traurig aussehenden Mann und einem rothaarigen Riesen, der komisch roch. Eine Polizistin kam auf sie zu und schaute neugierig auf die Einkaufstüten. Brat-Kurt lief vor Angst der Schweiß von der Stirn. Die Polizistin kam auf ihn zu und nahm ihm die Einkaufstüten aus der Hand.
Brat-Kurt war auf alles gefasst. Er wusste ja

auch nicht, was in den Tüten gebunkert war. Gemeinsam mit der Polizistin warf er einen Blick hinein und entdeckte Würste. In den Marktkauftaschen waren außer den Gläsern voller Würste nichts zu finden.

»Würste. Das sind Würste«, flüsterte Brat-Kurt freudig. »Ich bin nicht blind«, flüsterte die Polizistin, wischte sich mit einem Taschentuch den Schweiß von der Stirn und lief mit ihren Kolleginnen weiter. Auto-Meier und Brat-Kurt schauten sich an. Sie atmeten auf. Das war noch mal gut gegangen.

Auf einmal löste sich die Trauergesellschaft auf. Alles lief einem Mann hinterher, der sich plötzlich, wie aufgezogen, entfernte. Ehe Auto-Meier und Brat-Kurt begriffen, was geschah, liefen auch das Mädchen und der rothaarige Riese zu dem alten Auto und fuhren los. Mit ihrer Beute.

»Das ... das darf doch nicht wahr sein«, jammerte Brat-Kurt. Entgeistert schauten die beiden Gauner dem verschwindenden VW nach. Auto-Meier löste sich als erster aus der Erstarrung. »Hör auf zu jammern!«, schrie er. »Wir müssen unsere Beute wiederfinden.«

Brat-Kurt schüttelte sich. Auto-Meier hatte Recht. Sie durften jetzt nicht aufgeben. Sie waren Brat-Kurt und Auto-Meier und sie hatten Pistolen. Die beiden Gauner nahmen die Verfolgung auf.

In Kapitel 3

wird erzählt, warum Annes Vater Hilfe braucht und wieso man mit Pfeffer niemanden finden kann, der verschwunden ist.

Wir versuchten, meinen Papa wiederzufinden. Doktor Kapuze, Berti und ich bildeten einen Suchtrupp. Er konnte nicht weit sein. Es gab da nichts in der Ferne, was ihn hätte locken können. Papa kannte doch gar keine Ferne. Papa war immer zu Hause und verkaufte dort Schuhe. Schuhhaus Kleine war im ganzen Kreis einmal ein Begriff gewesen. Die Schuhkäufer kamen deswegen von nah und fern, um Papas schicke Schuhe zu kaufen. Papa bezog seine Schuhe aus Italien und hatte immer die neueste Mode zu bieten. Wunderschöne Frauen mit wunderschönen Füßen kamen in seinen Laden und ließen sich von ihm die Schuhe anziehen.

In den letzten Jahren ging der Umsatz zurück. Die schönen Frauen waren verschwunden und kauften ihre Schuhe in den großen Städten. Auch dort gab es italienische Schuhe, weit günstiger, als er sie anbieten konnte.

Und nun war Papa verschwunden. Mir war ein bisschen unheimlich. Ich erinnerte mich, dass ich mal in einem Kaufhaus verloren ging. Mama und Papa mussten mich suchen. Papa hatte mich ausrufen lassen: »Die kleine Anne Kleine wird von ihren Eltern vermisst. Sie soll sich bitte an der Information melden.« Ich war ganz erstaunt, meinen Namen durch die Lautsprecher zu hören. Alle Menschen im Kaufhaus schauten sich um, als würden sie mich suchen. Zuerst hatte ich große Angst, mich bei der Information zu melden. Ich wusste nicht, was ich getan hatte, aber als mich Mama und Papa umarmten, weinten sie, so glücklich waren sie, dass ich lebte. Sie hatten gedacht, ich wäre fortgegangen und würde nie mehr wieder kommen.

Berti begann mit der Papa-Suche in der Küche. Schließlich konnte er überall sein. Frau Scholz war ganz aufgeregt. Sie lief hin und her, weil sie nicht wusste, wo sie anfangen sollte nach Papa Ausschau zu halten.

»Hier ist noch nie jemand verschwunden«, sagte sie und schaute dabei sogar in einer Schublade nach. Als ob Papa dort hineingeschlüpft sein könnte. Papa ist doch kein Korkenzieher. Frau Scholz fand aber einen Pfefferstreuer in der Schublade, schraubte ihn auseinander und verkündete: »Ich werde ihn mit Pfeffer füllen, dann können wir ihn niesen hören.« »Was meinen Sie damit?«, fragte Doktor Kapuze. »Wenn es dunkel wird, streue ich Pfeffer aus«, sagte Frau Scholz, »dann wird uns Herr Kleines Niesen zu ihm führen.« »Ich hoffe doch«, sagte Doktor Kapuze, »dass wir ihn vorher finden werden.«

Ich schüttelte nur den Kopf. Die Erwachsenen waren alle verrückt Geworden, und ich war mitten unter ihnen.

Berti war durch die Küche in den Garten gelaufen, kam aber sofort wieder und zuckte mit den Schultern. Er hatte Papa nicht gefunden. Das hätte mich auch gewundert. Er saß nie gerne im Garten, sondern lieber in einem Auto, hörte Radio und räumte dabei das Handschuhfach auf.

»Papa!«, rief ich laut, aber niemand antwortete.

Doktor Kapuze ging zu seinem Auto. Er wollte noch einmal die Umgebung um den Friedhof absuchen. Ich brachte ihn zu seinem BMW, der direkt neben Bertis Schrott-VW-Bus geparkt war. Als Doktor Kapuze schon hinter dem Steuer saß, ließ er noch einmal die Scheibe herunter und rief mich zu sich.

»Dein Vater braucht Hilfe«, sagte er. »Ich habe deinen Bruder angerufen, damit sich jemand um dich kümmert.«

Ich wollte mich auf seinem Autodach abstützen, aber es war zu heiß. Die Sonne blendete und ich setzte meine Sonnenbrille auf. »Er ist mein Halbbruder«, sagte ich, obwohl das nicht wirklich wichtig war.

Doktor Kapuze ließ den Motor an.

»Ich habe deinem Vater einen Platz in einer Klinik in Flensburg besorgt«, sagte er. »Ich kenne dort einen Arzt, eine Kapazität, die ihm sicher helfen wird. Dein Bruder wird ihn morgen dorthin bringen.«

Dass Papa krank war, ahnte ich schon lange. Aber dass sich deshalb mein Leben noch mehr verändern würde, hatte ich nicht erwartet.

»Was hat Papa denn?«, fragte ich. Doktor Kapuze zögerte. »Er ist traurig«, sagte er schließlich. »Der Tod deiner Mutter hat ihn aus der Bahn geworfen.« »Und was ist mit mir?«, fragte ich. »Da in einer Woche sowieso die großen Ferien beginnen, hat die Schule dich ab sofort freigestellt«, sagte Doktor Kapuze und lächelte. »Immerhin etwas«, sagte ich und lächelte zurück. Doktor Kapuze fügte hinzu: »Ich denke, dass es deinem Vater bald besser gehen wird, und bis dahin wird sich dein großer Bruder um alles kümmern.« Dann fuhr er los.

Ich blickte über das Gelände. Da kam mir plötzlich eine Idee, und ich schaute im Geräteschuppen nach, den Frau Scholz für die Außenbestuhlung benutzte. Hier standen im Winter Stühle und Tische, um sie vor Schnee und Eis zu schützen. Vorsichtig zog ich die Tür auf und schaute mich um. Es war stickig und dunkel. Ich setzte meine Sonnenbrille ab. Man sah kaum was. Ich erkannte einige kaputte Plastikstühle, schmutzige Sitzkissen und einen aufgeklappten Sonnenschirm, der kopfüber auf dem Boden lag. Dann entdeckte ich zwei schwarz gekleidete Männer, die mich mit großen Augen erschreckt anstarrten. Wenn ich nicht so beschäftigt gewesen wäre, hätte ich Angst gehabt. Einer der beiden aß ein Würstchen und das beruhigte mich. Männer, die Würstchen essen, haben meistens nur Senf im Sinn.

»Entschuldigung. Ich suche meinen Vater«, sagte ich schnell. »Da ... da ... das macht doch nichts«, sagte der mit dem Würstchen und schob sich noch ein zweites in den Mund. »Hier ist er nicht«, fügte der andere hinzu. »Dann werd ich mal weitersuchen«, sagte ich und lief zu Berti in die Küche.

In Kapitel 4

wird erzählt, warum Brat-Kurt und Auto-Meier sich im Schuppen vom Gasthof Scholz verstecken müssen und warum Knackwürste Knackwürste heißen.

Nachdem der traurige Mann den Friedhof verlassen hatte, folgten Auto-Meier und Brat-Kurt der Trauergesellschaft, um ihre Beute wiederzubekommen. Brat-Kurt warf dabei schnell einen Blick in die Marktkauftüten aus dem alten VW, die sie gegen ihre Marktkauftüten getauscht hatten. Das Geräusch laut aneinanderstoßender Gläser hatte ihn an die Würstchen erinnert. Würstchen waren Brat-Kurts auserkorene Lieblingsspeise.

»Die ... die ... die Tüten sind tatsächlich Wundertüten«, sagte er aufgeregt. Auto-Meier lachte böse. »80.000 Euro wären mir lieber«, zischte er.

Brat-Kurt ließ sich seine gute Laune nicht verderben und sang: »Ein Würstchen esse ich für die Sparkasse Paderborn, ein Würstchen esse ich für die Volksbank Borchen. Ein Würstchen esse ich für die Commerzbank Bielefeld, ein Würstchen esse ich für die Deutsche Bank in Bonn. Ein Würstchen esse ich für die Postsparkasse Hamm, ein Würstchen esse ich für die Raiffeisenbank in Bochum.«

Brat-Kurt warf erneut einen Blick in die beiden Marktkauftüten. Ihm lief das Wasser im Munde zusammen. Sie waren voller Knackwürstchen, die dicht gedrängt, wie in einem voll besetzten Aufzug, in Riesengläsern standen.

»Wie kannst du bei der Hitze nur ans Essen denken?«, schimpfte Auto-Meier. »Da fährt dieser Penner mit unserer Beute fort und du denkst ans Essen.« »Ich ... ich kann nur denken, wenn ich was gegessen habe«, sagte Brat-Kurt und lief hinter Auto-Meier her. »Dann denk mal drüber nach, wie wir an unsere Beute kommen«, sagte Auto-Meier. Brat-Kurt hieß nicht umsonst Brat-Kurt. Er dachte nach, aber nicht über Geld. Er dachte lieber an ein Knackwürstchen mit Kartoffelsalat. Er dachte sogar lieber an Hunderttausende Knackwürstchen mit Kartoffelsalat. Er dachte sogar am liebsten daran, wie viele Knackwürstchen mit Kartoffelsalat man für 80.000 Euro kaufen konnte. Und das in Tahiti.

Die Trauernden hatten sie inzwischen zum Gasthof Scholz geführt. Sie folgten ihnen und betraten selbstbewusst den Schankraum. Beide Gauner setzten sich an die Theke, wo ihnen ein Ventilator frische Luft zufächelte.

»Eines kann ich dir versichern«, sagte Auto-Meier plötzlich, »wenn das mit diesem Bankraub nicht klappt, sind wir geschiedene Leute.« Brat-Kurt nickte nur. Er wusste, wie wenig Auto-Meier ihm zutraute. Manche ihrer früheren Unternehmungen waren fehlgeschlagen. Er erinnerte sich daran, wie sie die Hundefarm ausrauben wollten und sie dann von 400 Hunden durch die Stadt gejagt worden waren. Er erinnerte sich daran, wie sie diesen alten Zug geklaut hatten und die Polizei sie schon am nächsten Bahnhof festnehmen konnte.

»Die ... die ... diesmal klappt alles«, sagte er trotzig. »Wir ... wir ... wir müssen nur noch den Zaster holen und dann ... ab nach Tahiti.« Auto-Meier bestellte sich ein Bier und einen Kräuterlikör und trank beides mit zwei Zügen aus.

Er und Brat-Kurt saßen am Anfang der Theke, direkt neben dem Eingang. Von hier konnten sie alles sehen, was im Raum geschah. Wenn Frau Scholz mit einem Tablett in den benachbarten großen Saal verschwand, konnten sie einen Blick auf die dort anwesenden Gäste werfen. Zum Glück entdeckten sie auch gleich den rothaarigen Riesen und das kleine Mädchen mit den langen schwarzen Haaren, die mit dem Auto und der Beute abgedampft waren.

»Lass ... lass ... lass uns das alte Stinkeauto suchen«, sagte Brat-Kurt, aber Auto-Meier winkte ab. »Alles zu seiner Zeit«, flüsterte er, »wir müssen den richtigen Augenblick abwarten.«

Auto-Meier bestellte sich noch ein Bier und einen Kräuterlikör und trank beides wieder mit zwei Zügen aus. Ein Hund lief durch den Schankraum und schnupperte an den Marktkauftüten. Brat-Kurt überlegte, ob Hunde Würstchen in Gläsern riechen konnten. Brat-Kurt konnte das. Er schob den Hund mit den Füßen fort und blickte ihn böse an.

»Knack ... Knack ... Knackwürstchen sind meine Lieblingsspeise«, sagte Brat-Kurt zu dem Hund. »Sei still«, flüsterte Auto-Meier genervt, »da tut sich was.«

Irgendetwas war passiert. Das kleine Mädchen lief mit Frau Scholz, dem rothaarigen Riesen und einem anderen Mann in die Küche. Frau Scholz hatte die Schiebetür offen stehen lassen, und die beiden Gauner konnten hören, wie das kleine Mädchen immer »Papa, Papa« rief.

»Das ist unsere Chance, flüsterte Auto-Meier. »Sie suchen den Grufti, der vorhin vom Friedhof abgehauen ist.«

»Hier ... hier ist niemand vorbeigekommen«, sagte Brat-Kurt. »Das soll uns egal sein«, flüsterte Auto-Meier. »Lass uns einfach das Durcheinander ausnutzen und unsere Beute holen.« »Hast du denn den Wagen gefunden?«, fragte Brat-Kurt. »Wo steht denn wohl ein Auto?«, fragte Auto-Meier kopfschüttelnd und zog Brat-Kurt, der gerade noch seine Würstchentüten packen konnte, hinter sich her.

Sie liefen schnell um das Haus herum zum Gästeparkplatz des Gasthofs, in dessen Mitte ein großer Kastanienbaum mit tief herabhängenden Zweigen Schatten spendete. Direkt darunter parkte der alte rotschwarze Schrott-VW neben einem BMW. Die große angrenzende Veranda war wegen der Hitze nur schwach besetzt. Ein Liebespaar küsste sich, und eine Frau mit einem Buch saß an einem Tisch, der durch einen Schirm geschützt im Schatten stand. Der alte VW stand unter dem Kastanienbaum wie eine Riesen-Spardose. Dort war ihr Geld.

»Glück haben wir«, lachte Brat-Kurt und vergaß all das Pech, das sie sonst immer hatten.

Die beiden näherten sich schnell dem Laderaum des Autos. Brat-Kurt schaute sich um, entdeckte aber niemanden der stören konnte. Vorsichtig öffnete er die Schiebetür an der Beifahrerseite. »Eh, eh!«, schrie er erschrocken.

»Was ist denn, zum Henker?«, fragte Auto-Meier, der hinter ihm stand. »Da ... da liegt einer«, flüsterte Brat-Kurt und deutete mit dem Zeigefinger in das Wageninnere.

Auto-Meier blickte in den VW, schloss die Augen und öffnete sie wieder. Tatsächlich, vor ihm lag ein Mann, der ihre beiden Marktkauftüten mit den 80.000 Euro wie ein Kopfkissen umschlang. Er schlief. »Mist, das ist der Mann, der überall gesucht wird«, flüsterte Auto-Meier. »Was ... was machen wir nun?«, fragte Brat-Kurt hilflos. »Wie ... wie ... wie kommen wir an unseren Zaster?«

Auto-Meier überlegte. Sie mussten ihre Beute holen, ohne dabei den schlafenden Mann zu wecken. Ein Polizeiauto mit Blaulicht fuhr auf der Hauptstraße vorbei. Zum Glück lag der Parkplatz im Hinterhof des Gasthofs und so konnten sie nicht gesehen werden. Auto-Meier zuckte trotzdem zusammen und stieß dabei an die Füße des schlafenden Mannes.

»Der ... der wird wach«, sagte Brat-Kurt erschrocken, aber der Mann bewegte sich nur stöhnend und schlummerte weiter. Ungläubig fasste Brat-Kurt eine Hand des Schlafenden und drückte sie vorsichtig, als wollte er sich vorstellen. »Angenehm«, flüsterte er grinsend, »mein Name ist Brat-Kurt, ich bin reich.« »Lass den Quatsch!«, schimpfte Auto-Meier. »Wir müssen uns beeilen.« Auto-Meier nahm vorsichtig die Füße des Schlafenden und zog ihn leicht nach vorne. »Wa ... wa ... was hast du vor?«, fragte Brat-Kurt erschrocken. Der Schlafende bewegte sich und schob sich wieder auf die Marktkauftüten.

Auto-Meier fluchte leise vor sich hin. Das Geld lag direkt vor ihm und doch kam er nicht heran. »Wir müssen ihn von den Geldbeuteln heben«, flüsterte er schließlich. »Da ... da ... das ist zu gefährlich!«, rief Brat-Kurt entsetzt. »Wenn du so weiter schreist, bestimmt«, sagte Auto-Meier. »Du nimmst ihn an den Armen, ich nehm ihn an den Beinen.«

Brat-Kurt schüttelte den Kopf, stellte die Würstchentüten ab, beugte sich weit in den Wagen und ergriff die Arme. Auto-Meier hatte schon die Füße des schlafenden Mannes umfasst und flüsterte: »Hau ruck!« Vorsichtig hoben sie ihn an. Der alte Mann schmatzte kurz und seufzte, ließ sich aber sonst in seinem Schlaf nicht stören. Auto-Meier und Brat-Kurt schauten in den Wagen. Die Marktkauftüten lagen vor ihnen, und man hätte sie sofort an sich ziehen können, wenn sie die Hände frei gehabt hätten. »So ... so ein Pech«, stammelte Brat-Kurt und leckte seine Hasenzähne. Sie hielten den schlafenden Mann in den Armen und schwitzten wie in der Hölle. »Mist«, fluchte Auto-Meier leise. Er sah zu dem kleinen Geräteschuppen am Rande des Parkplatzes.

»Wir schleppen ihn unauffällig in den Schuppen«, flüsterte Auto-Meier. »Dort ist er aus dem Verkehr gezogen und wir kommen endlich an unser Geld.« Brat-Kurt glaubte, nicht richtig verstanden zu haben. »In ... in ... in den Schuppen?«, flüsterte er. »Wir ... wir ... wir legen ihn lieber hier auf den Boden.« »Dann wird er wach«, sagte Auto-Meier. »Mich ... mich hättest du hier auf den Boden gelegt«, beklagte sich Brat-Kurt. Auto-Meier knurrte. »Wir sind auch harte Männer«, sagte er. Brat-Kurt nickte notgedrungen. Auto-Meier schaute auf die Füße des schlafenden Mannes und sagte: »Solche Schuhe kaufe ich mir auch, wenn ich reich bin.«

Brat-Kurt flüsterte: »Mensch ... Mensch ... Mensch. Der wird langsam schwer.«

Das Polizeiauto war wieder zu hören. Erschrocken fing Auto-Meier an zu pfeifen, und Brat-Kurt tat schnell so, als wäre er nicht da. Zum Glück kam das Polizeiauto nicht auf den Parkplatz gefahren. Man dachte noch, dass sie das Weite gesucht hatten.

»Ab mit ihm in den Schuppen«, zischte Auto-Meier genervt. Sie wollten den schlafenden Mann gerade über den Platz tragen, als das Mädchen mit einem Begleiter aus dem Gasthof kam. »Oje«, flüsterte Auto-Meier. »Er muss zurück ins Auto.« Schnell legten sie den Schlafenden wieder auf die Geldtüten und schoben leise die Seitentür zu.

»Verdammter Mist«, flüsterte Auto-Meier und zog Brat-Kurt, der seine Tüten mit den Knackwürstchen an sich drückte, zum Schuppen. Der Schuppen hatte keine Fenster, aber sie lehnten die Tür so an, dass ein kleiner Schlitz den Blick auf das Mädchen und den Mann freigab.

Die beiden Gauner setzten sich auf zwei alte Plastikstühle und warteten darauf, dass die Luft wieder rein wurde. Sie waren erschöpft. Beide sprachen kein Wort, nur im Bauch von Brat-Kurt knurrte es manchmal, wenn er an die Knackwürstchen in der Tüte dachte. Der Mann und das Mädchen unterhielten sich draußen, aber die beiden Gauner verstanden kein Wort. Endlich fuhr der Mann fort und das Mädchen stand allein auf dem Parkplatz.

»Du isst erst was, wenn wir unsere Geldtüten haben«, flüsterte Auto-Meier, aber Brat-Kurt hatte schon ein Würstchenglas geöffnet und begann, den Inhalt in sich hineinzustopfen. »Ich ... ich ... ich liebe Knack ... Knack ... Knackwürstchen«, sagte Brat-Kurt mit vollem Mund. Auto-Meier schüttelte den Kopf und sagte: »Ich verstehe gar nicht, warum ich mit so einem Schwachkopf zusammenarbeite.« Brat-Kurt gähnte beleidigt und knackte sich die Finger aus. »Vielleicht heißen die Knackwürstchen Knackwürstchen, weil man danach so gut knacken kann.« Er gähnte. »Ich glaube, ich knacke erst mal ein Minütchen.«

Plötzlich wurde die Tür des Schuppens aufgerissen und das kleine Mädchen mit den langen schwarzen Haaren stand vor ihnen. Es setzte seine Sonnenbrille ab. Zuerst wusste keiner von ihnen, was er sagen sollte.

»Entschuldigung, ich suche meinen Vater«, sagte das Mädchen, und Brat-Kurt erwiderte: »Da ... da ... das macht doch nichts.« Auto-Meier versuchte zu lächeln, aber er wusste nicht mehr, wie das ging. So zeigte er nur seine Zähne und zog die Augenbrauen hoch. »Hier ist er nicht«, sagte er dabei und hoffte, es würde freundlich klingen. Das Mädchen schaute sich um und nickte. »Dann werde ich mal weitersuchen«, sagte es, schloss die Tür und lief über den Parkplatz in den Gasthof.

Auto-Meier blies die Backen auf und atmete dann kräftig aus. »Puuh«, flüsterte er, »das war knapp.« Anschließend stand er auf und zog Brat-Kurt, der gerade dabei war, das zweite Würstchenglas zu öffnen, hinter sich her. »Die Luft ist rein«, sagte Auto-Meier. »Jetzt schnappen wir uns das Zeug und düsen ab.«

Sie liefen über den Parkplatz, öffneten vorsichtig wieder die rote Schiebetür, nahmen den schlafenden Mann zwischen sich und wollten ihn endlich zu dem Schuppen tragen, als sie lautes Schreien hörten. Was war das nun wieder?

Schnell legten sie den schlafenden Mann wieder zurück in den Wagen und schlossen rasch die Bullitür. Auto-Meier stieß einen Fluch zwischen den Zähnen hervor. »Flu ... fluchen tut man nicht«, sagte Brat-Kurt. »Mist, verdammter! Ich fluche, so viel ich will!«, schrie Auto-Meier. Sie sahen sich an. Sie mussten sich verstecken. Sie liefen erneut zu ihrem Versteck, dem Schuppen von Frau Scholz.

Das Mädchen kam mit dem rothaarigen Riesen aus dem Gasthof. Die Gauner ließen die Tür wieder einen Spalt offen stehen, um nichts von dem zu verpassen, was das Mädchen zu bereden hatte. Der rothaarige Riese hatte seine Lederjacke über eine Schulter geworfen, und dunkle Schwitzflecken unter den Achseln verfärbten sein T-Shirt.

»Ich kenne doch meinen Papa«, rief das Mädchen aufgeregt, »wenn er seine Ruhe haben will, dann verzieht er sich in ein Auto.«

Die beiden rannten zu dem VW und entdeckten den schlafenden Mann im Auto. »Dass ich darauf nicht früher gekommen bin«, sagte das Mädchen kopfschüttelnd.

Es zog vorsichtig die Schiebetür auf und rüttelte den schlafenden Mann. »Steh auf, Papa«, sagte das Mädchen aufgeregt. »Es ist doch viel zu heiß im Auto.« Wie ein Geist erhob sich der Mann und lächelte. Sein Gesicht glänzte vor Schweiß. Der Rothaarige wischte ihm mit einem Taschentuch das Gesicht trocken.

»Ich glaube«, sagte er, »ich werde mein Auto mal abschließen, sonst stehen nachher zwei da.« »Dein Schrottauto klaut doch keiner«, sagte das Mädchen. »Trotzdem«, sagte der rothaarige Riese, »manches, was von außen pfui ist ...« »... ist von innen ganz schön hui«, vervollständigte das Mädchen den Satz, als würde es ihn schon ewig kennen.

Das Mädchen und der traurige Mann gingen in den Gasthof Scholz. Erschrocken sahen Brat-Kurt und Auto-Meier in ihrem Versteck, wie der rothaarige Mann Heckklappe und Schiebetür des Wagens abschloss, Fahrertür und Beifahrertür überprüfte, sich eine Zigarette ansteckte und pfeifend hinter den anderen herschlurfte.

»Was machen wir nun?«, fragte Auto-Meier. und schaute ratlos auf den Boden. »Mir ... mir ... mir ... mir ist schlecht«, flüsterte Brat-Kurt, der inzwischen das vierte Glas Würstchen aufgefuttert hatte.

»Ich hab nicht mit dir geredet«, zischte Auto-Meier, »ich habe mit mir selbst gesprochen.« »Ich habe mich auch schon gewundert, wie freundlich du klingst«, sagte Brat-Kurt und hielt sich den Bauch.

»Ich spreche immer freundlich zu mir «, sagte Auto-Meier. »Und willst du wissen warum?« Brat-Kurt verdrehte die Augen. »Nein«, sagte er. »Weil ich mich gern hab«, sagte Auto-Meier. »Ich mag mich, obwohl ich Bankräuber bin.«

Da war Brat-Kurt anders. Er wusste, dass es nicht richtig war, Banken auszurauben. Er tat dies nur, weil er noch nichts anderes ausprobiert hatte. Leider war Würstchenesser kein anerkannter Beruf.

»Wir warten hier, bis die verdammte Nacht kommt«, sagte Auto-Meier böse, »dann knacken wir den Wagen.«

»Ich wäre dir dankbar«, sagte Brat-Kurt, »wenn du nicht mehr vom ›Knacken‹ reden würdest.« Auto-Meier zog eine Tüte mit den Würstchen zu sich herüber, nahm schlecht gelaunt aus einem geöffneten Glas eine

Wurst und biss hinein. »Knacken, knacken, knacken, knacken«, sagte Auto- Meier mit vollem Mund. Brat-Kurt versuchte zu rülpsen, aber es ging nicht. Auto-Meier wischte sich den Schweiß aus dem Gesicht und sagte: »Hauptsache, du kotzt nicht ...«

Aber da beugte sich Brat-Kurt schon über den umgestülpten Sonnenschirm. Auto-Meier lief rot an, als wollte er explodieren, schrie dann aber nur: »Bring sofort den Schirm raus!«

In Kapitel 5

wird erzählt, wie sich in der Erinnerung manchmal alles verändert, warum Berti ein Pirat in Stulpenstiefeln wird und »Anne-Kanne-Plastikwanne« spielt.

Nach dem Essen im Gasthof Scholz fuhren wir nach Hause. Es war inzwischen schon nach sieben. Papa, Berti und ich quetschten uns auf die Vordersitze von Bertis Schrott-VW. Ich saß bei Papa auf dem Schoß, aber es kam mir vor, als wäre es umgekehrt. Die Hitze war immer noch unerträglich. Obwohl es schon Abend war, wurde es nicht kühler. Wir fuhren durch unsere kleine Stadt. Vorbei an den Häusern mit den kleinen Gärten. In den Wohnzimmern flimmerten die Fernsehapparate. Auf vielen Bildschirmen ritt ein Pferd und warf seinen Reiter ab. Wenn man langsam an den Wohnzimmerfenstern vorbei fuhr, konnte man sehen, dass der Reiter wieder auf sein Pferd stieg und weiter ritt. Gut gemacht, Cowboy. Unsere Nachbarn saßen auf dem Balkon und grillten. Sie winkten, als sie uns sahen. Alles war wie immer. Das Leben ging weiter, auch wenn man es zurückdrehen wollte. Berti ließ uns aus seinem Auto steigen. Papa ging ins Wohnzimmer im ersten Stock und setzte sich vor den Fernseher, ohne ihn anzumachen.

Ich zeigte meinem Halbbruder unser Haus. Er hatte es ganz anders in Erinnerung und war überrascht, was sich alles in den Jahren verändert hatte.

»Dass ich noch mal hierherkommen würde«, sagte er, »hätte ich nicht gedacht.« »Warum bist du damals fortgegangen?«, fragte ich ihn. Berti zögerte. »Das erzähle ich dir mal, wenn du größer bist«, sagte er schließlich.

Ich verdrehte die Augen. So klein war ich nicht. Ich fühlte, dass er mir auch nichts von seiner Geschichte erzählt hätte, wenn ich größer gewesen wäre. Er wusste einfach nicht, wer ich war. Ich war doch seine Schwester.

»Okay«, sagte ich, »Wenn wir schon zusammen wohnen müssen, dann lass uns das Beste daraus machen.«

»So habe ich das gar nicht gemeint«, sagte Berti beleidigt.

»Ich aber«, erwiderte ich. Berti lief hinter mir her und wusste vor lauter Eindrücken nicht mehr, wo er hinschauen sollte. Unser Haus ist sehr klein, aber überall, wo Berti hinlief, standen Dinge, die umfallen konnten.

Im Wohnzimmer war etwas mehr Platz. Hier hingen Papas Schuhbilder an der Wand. Papa sammelte alles über Schuhe. Große Schuhe, kleine Schuhe, Schuhbilder und Schuhskulpturen. Es war schön, so mitten unter Schuhen zu wohnen, es war, als könnte man mit unseren Schuhen in die ganze Welt hinausgehen und seine Spuren hinterlassen.

Berti bekam ganz große Augen und zog sich an seinen roten Haaren; es schien, als wäre er nicht sicher, ob er träumte.

Ich versuchte, das Haus mit Bertis Augen zu betrachten und fragte mich, ob er bemerkte, wie sehr Mama mich geliebt hatte. Im Flur hingen nur Fotos von mir. Mama hatte dort mein ganzes Leben aufgehängt. Auf einem Bild stand ich mit einem Ball, den ich kaum halten konnte. So groß war er, so klein war ich. Man sah Frau Möller von meiner Kindergartengruppe, die einen Ohrring in der Nase trug, und daneben hing das Bild von meinem ersten Schultag, wo ich hinter einer Riesenschultüte kaum zu sehen war. Ich weiß noch, wie schwer sie war und dass ich sie trotzdem alleine tragen wollte. Auf einem Bild stehe ich Kopf an Kopf mit meiner Mama, die in die Kamera lächelt und mit dem Finger auf etwas zeigt. Sie schoss bei uns die Fotos, deswegen gibt es nur wenige Bilder, auf denen sie zu sehen ist. Ich weiß noch, dass wir an dem Tag zur Aabachtalsperre gefahren waren und Mama mir beibrachte, wie man mit Inlinern fährt. Ich zeigte Berti das Foto.

»Du bist auf dem Foto so groß wie deine Mama«, sagte Berti. Ich lachte und sagte: »Ich bin auf dem Foto so groß, weil ich die Inliner anhabe, aber das sieht man nicht, weil Papa sie nicht mit auf das Bild bekommen hat.«

Zum Schluss zeigte ich Berti unseren Schuhladen im Erdgeschoss; er hat zwei Schaufenster. Links sind die Damenschuhe und rechts Kinder- und Herrenschuhe. Man muss durch die Kinder- und Herrenabteilung gehen, um in die Damenabteilung zu gelangen, aber unseren treuen Kunden schien gerade dieses Verschachtelte zu gefallen. Papa sagt immer, man müsse alles mal gründlich renovieren, aber bei dieser Idee war es dann immer geblieben.

Berti und ich standen in unserer kleinen Küche, die im Erdgeschoss praktischerweise zwischen den beiden Schuhräumen liegt. Natürlich waren auch hier Regale, in denen kleine Kartons mit Schuhen gestapelt waren. Berti trank einen Kaffee mit viel Milch und Zucker. Es roch nach Leder, nach Kaffee und nach Berti. Er nickte anerkennend und schaute sich um.

»Hier hat sich kaum was verändert«, sagte er. »Ich fühle mich gleich wieder zu Hause.« »Du hättest ja nicht fortgehen müssen, oder?«, fragte ich, aber Berti antwortete nicht.

Ich wollte mich mit ihm vertragen. Ich schaute auf seine alten Turnschuhe. Sie waren ausgetreten und sahen aus wie diese Fische, die sich an die Aquariumscheibe quetschen und die Algen absaugen sollen. Da kam mir eine Idee. Ich schätzte Bertis Schuhgröße auf 44/45. Ich holte ihm zwei Paar italienische schwarze Stiefel, die oben einen roten Schaft hatten. Es waren richtige Piratenstiefel. Sie passten perfekt. Zuerst wollte er sie gar nicht anziehen, aber ich merkte, dass sie ihm gefielen. Schließlich gab er nach. Er lief damit auf und ab und wurde immer übermütiger.

»Das sind die schönsten Stiefel, die ich jemals hatte«, lachte er. »Du siehst aus wie ein Pirat mit Stulpenstiefeln«, sagte ich. Berti lachte, dann wurde er ernst. Er gähnte.

»Ich bin müde«, sagte er, »ich muss Vater morgen früh nach Flensburg bringen. Es ist besser, bei der Hitze früh loszufahren. Ich denke, ich gehe bald schlafen.« Ich traute meinen Ohren nicht. Das war wieder etwas, von dem ich nichts wusste. »Ich fahre natürlich mit«, sagte ich sofort. »Du kannst mich doch nicht allein hier lassen.«

Berti überlegte. Ich konnte richtig sehen, wie er in seinem Kopf alle

Möglichkeiten durchspielte. Seine Stirn legte sich in Falten wie ein gerafftes Segel.

»Okay«, sagte er, »aber wir müssen um fünf Uhr losfahren. Dann haben wir den wenigsten Verkehr und das Wetter spielt noch nicht verrückt.«

Ich seufzte. Fünf Uhr in der Früh losfahren hieß, um vier Uhr aufstehen. Das war nicht unbedingt meine Zeit. Wir gingen wieder hoch zu Papa. Er saß noch immer vor dem ausgeschalteten Fernseher. So konnte das nicht weitergehen. Morgen würden wir ihn nach Flensburg bringen, aber seine traurigen Gedanken kreisten nur um sich und Mama. Ich erinnerte mich an das Spiel, das Papa und Mama immer spielten, wenn ich Geburtstag hatte. Wir nannten es den »Piratengeburtstag«. Es wurde jedes Jahr auf die gleiche Weise gespielt und die Rollen waren klar verteilt. Papa spielte immer den Piraten und Mama seine Mama. Schnell erklärte ich Berti seine Rolle. Er war diesmal der Pirat und ich die Mama. Ich band ihm ein Kopftuch um und stellte mich mit Berti vor den Fernseher. Berti ging in Positur und sprach mit verstellter tiefer Stimme: »Was bin ich froh, dass ich Geburtstag habe.«

Dann lachte er und schaute mich an. Ich war erstaunt, Berti machte seine Sache besser, als ich erwartet hatte. Ich überlegte, ob Papa mit ihm das Ganze früher auch schon gespielt hatte.

»Was bin ich froh, dass ich Geburtstag habe«, sagte Berti noch einmal mit verstellter Stimme.

Er räusperte sich und erinnerte mich daran, dass ich an der Reihe war, meine Rolle zu spielen.

»Was wünschst du dir zum Geburtstag?«, fragte ich den Piraten und tat so, als wollte ich mir das notieren. »Ich wünsche mir einen Tanz mit Anne«, sagte der Pirat und machte dazu Kussgeräusche. Ich schaute zu Papa, der mich beim Erwähnen meines Namens anblickte. »Eine Kanne wünschst du dir?«, sagte ich zu dem Piraten. »Da muss ich sehn, was ich tun kann.«

Ich lief zur Fensterbank und holte die Gießkanne. Sie war leer, und mich wunderte nicht mehr, dass unsere Blumen so traurig aussahen. »Hier hast du deine Kanne, Pirat«, sagte ich und hielt ihm die Gießkanne entgegen.

Berti stampfte mit seinen neuen Stiefeln auf und schimpfte: »Ich will doch keine Kanne ...« »Was willst du dann?«, fragte ich und runzelte die Stirn. Berti schrie: »Ich will einen Tanz mit Anne.«

Papa lachte. Hatte ich richtig gehört? Tatsächlich, Papa verfolgte unser Spiel. Er lachte ganz leise, als wäre es verboten, aber er lachte.

»Ach so«, sagte ich, »dann habe ich das wohl nicht richtig verstanden.«

Berti nickte. Wir spielten weiter. Ich stellte die Gießkanne auf das Fensterbrett und holte einen kleinen Baum, der mal ein Tannenbaum werden sollte. Schnell lief ich damit zu dem unruhigen Piraten. Er summte »dumdidum« und hüpfte vor dem Fernseher auf und ab, als wäre er nur ganz zufällig in der Gegend.

»Hier hast du deine Tanne, Pirat«, sagte ich und hielt ihm den Baum entgegen. Berti raufte sich die Haare und schimpfte: »Oh nein, ich will doch keine Tanne ...« »Was willst du dann?«, fragte ich und runzelte die Stirn. Berti schrie: »Ich will einen Tanz mit Anne.«

Papa lachte wieder und verfolgte wie gebannt unser Spiel.

»Ach so«, sagte ich, »dann habe ich das wohl nicht richtig verstanden.« Berti nickte.

Ich lief schnell ins Badezimmer und holte von dort eine rosa Plastikwanne, die immer unter unserem Waschbecken steht, weil der Abfluss tropfte. Berti tanzte wieder seinen Piratentanz und sang dabei: »Dumdidumdidum.« Ich stellte mich ihm in den Weg, hielt ihm die Plastikwanne hin und sagte: »Hier hast du deine Wanne, Geburtstagskind.« Berti raufte sich wieder die Haare. Er machte das so gut, dass Papa jetzt laut lachen musste und Berti sich nicht mehr halten konnte und mitlachte. »Oh nein«, gluckste er, »ich will doch keine Wanne ...« »Du willst keine Wanne«, sagte ich übertrieben albern, »was willst du dann?«

Inzwischen musste auch ich lachen. Papa lachte, Berti lachte, und es schien mir, als lachte die ganze Welt. Sogar von draußen war ein Lachen zu vernehmen, als hörte jemand zu. Schließlich sagte ich: »Du willst wohl einen Tanz mit Anne, oder?«

»Genau«, sagte Berti, »ich möchte einen Tanz mit dir.«

Er nahm sein Kopftuch ab und war nun wieder Berti. Wir stellten uns gegenüber, nahmen uns an den Händen und sprangen los.

»Wie tanzen die Piraten? Sie tanzen wild umher, sie tanzen wie Tomaten, wo kommt der Ketchup her? Man kann es schnell erraten, es ist auch gar nicht schwer. Der Ketchup der Piraten, kommt aus dem roten Meer. Heio, Heio, Heio, Kapitän, Heio, Heio, Geburtstage sind schön.«

Berti sang mit, so gut er konnte. Wir sprangen dabei wild im Zimmer umher und wollten gar nicht mehr aufhören. Papa klatschte in die Hände und bald waren wir alle müde.

»Wir müssen ins Bett«, sagte Papa plötzlich. »Wir haben morgen eine lange Reise vor uns.« Papa war wieder bei uns und dachte sogar an seinen Klinikaufenthalt in Flensburg. Ich freute mich so darüber, dass es ihm besser ging und umarmte ihn lange. »Es wird schon alles wieder gut«, flüsterte er mir zu.

Ich zeigte Berti sein Bett. Wir hatten ein Gästezimmer im Keller, wo ein Sofa stand, das man ausziehen konnte. Im Sommer ist dies der angenehmste Platz im Hause, weil es dort so erfrischend kühl ist. Es war natürlich nichts vorbereitet worden und ich musste erst die Bettwäsche suchen. Typisch Papa. In der letzten Zeit hatte er sich um gar nichts mehr gekümmert. Was weiß ich denn, wie man ein Sofa in ein Bett verwandelt? Zum Glück konnte Berti mir helfen. Ich legte ihm auch einen Schlafanzug von Papa hin, weil ich mir schon dachte, dass Berti keinen besaß. Er wollte erst ohne Zähneputzen ins Bett, weil er seine Zahnbürste vergessen hatte, aber auch da konnte ich ihm aushelfen.

Nach dem Zähneputzen stellte Berti stolz seine beiden neuen Stiefel vor das Bett.

»Das war der schönste Piratengeburtstag, den ich je hatte«, sagte Berti

Plötzlich wurden wir beide ganz still. Wir mussten wohl beide daran denken, was heute für ein Tag war. Auch wenn ich mir sicher war, dass Mama sich freute, wenn wir fröhlich waren. Aber es war trotzdem traurig, dass das Leben so schnell weitergegangen war und nicht alle hatten mitkommen können.

In Kapitel 6

wird erzählt, wieso ein roter Porsche den Gaunern einen Strich durch die Rechnung macht und wie es kommt, dass Brat-Kurt zum Dichter wird.

Zur gleichen Zeit warteten Brat-Kurt und Auto-Meier darauf, dass es dunkel wurde und sich alle Aufregung in der kleinen Stadt legte. Keiner vermutete sie mehr im Ort. Zum Glück wussten auch nur sie, wo sich die Beute befand. Es wurde Zeit, sie zu holen.

Brat-Kurt reckte sich und fuhr mit seiner Zunge über seine Hasenzähnchen. Ihm war nicht mehr schlecht, nur manchmal musste er ein Rülpsen unterdrücken. Auto-Meier stand an der Tür und rieb sich die Augen. Er war im Ort gewesen und hatte sich vorsichtig umgesehen.

»Komm, du Nase«, sagte er zu Brat-Kurt, »lass uns endlich unseren Zaster holen.«

Ein Wind kam ihnen entgegen, als sie heraustraten. Es war kühler geworden, trotzdem spürte man noch die Hitze, die sich tagsüber angesammelt hatte. Man konnte schon den Mond sehen, der direkt über der Kirche der kleinen Stadt stand.

»Will ... will ... willst du wissen, worüber ich na ... na ... nachgedacht habe?«, fragte Brat-Kurt. »Nein«, sagte Auto-Meier. Er ging zielstrebig in Richtung Schuhhaus Kleine. »Ich, ich habe gedacht, dass ...«, begann Brat-Kurt. »So wie du guckst«, sagte Auto-Meier, »hast du an einen verstopften Staubsauger gedacht.«

Brat-Kurt klatschte in die Hände. »Nein, nein, nein«, sagte er, »ich habe daran gedacht, dass wir bald reich sind und nach Tahiti fahren.« »Pssst!«, sagte Auto-Meier. »Es muss nicht jeder wissen, dass wir noch im Ort sind.« Brat-Kurt nickte. Er hatte vergessen, dass die Polizei sie noch immer suchte und schaute sich in alle Richtungen um. Sie kamen an der Bäckerei Hermisch vorbei, wo sie im Schaufenster einen Leuchter mit Wachskerzen sahen, die sich alle in der Sommer-Hitze verbogen hatten. Eine Straßenlaterne ging an.

»Wo ... wo ... wohin gehen wir überhaupt?«, fragte Brat-Kurt. »Während du am Denken warst, habe ich ausgekundschaftet, wo das Mädchen und ihr Vater wohnen«, flüsterte Auto-Meier. »Du ... du ... du bist wirklich auf Zack«, schrie Brat-Kurt. »Pssst«, sagte Auto-Meier und hielt sich den Zeigefinger an die Lippen, »die Stille ist die Freundin des Gauners.«

Brat-Kurt salutierte und wischte sich den Schweiß von der Stirn.

Auf der anderen Straßenseite war eine Bushaltestelle. Brat-Kurt sah dort einige Kinder. Die Jungs hatten kurze Haare und trugen T-Shirts. Die Hosen waren viel zu groß und zu weit und wabbelten bis auf ihre Riesenturnschuhe hinunter.

Ein Mädchen stand zwischen ihnen und hatte einen Rucksack auf dem Rücken. Sie hielt einen kleinen Kasten in der Hand, mit dem sie ein Elektroauto, einen kleinen roten Porsche steuerte. Das Mädchen ließ den Porsche mitten auf der Straße fahren. Einer der Jungen, den alle Niggi nannten, trug ein Radio auf der Schulter, aus dem laute Musik dröhnte und schaute zu ihnen herüber.

»Oh, oh«, flüsterte Auto-Meier. »Oh, oh, oh, oh?«, fragte Brat-Kurt.

»Hoffentlich machen die keinen Ärger«, flüsterte Auto-Meier. »Kids, die sich langweilen, haben nur Unsinn im Kopf.«

Brat-Kurt und Auto-Meier schauten demonstrativ in eine andere Richtung. Sie gingen in die Wurlitzergasse, die gegenüber der Haltestelle von der Straße abzweigte und standen plötzlich direkt vor dem Schuhhaus. »Wir müssen jetzt ganz leise sein«, flüsterte Auto-Meier. »Wa ... wa ... was?«, fragte Brat-Kurt. Auto-Meier verdrehte die Augen und flüsterte nun direkt in Brat-Kurts Ohr: »Wir müssen ganz leise sein.« Die beiden standen vor dem rechten Schaufenster und schauten sich eine Weile Damenschuhe an.

»Das sind ja Damenschuhe«, sagte plötzlich Auto-Meier und zog Brat-Kurt schnell zum anderen Schaufenster mit den Herrenschuhen. »Wir müssen Aufsehen vermeiden«, erklärte Auto-Meier und tippte Brat-Kurt auf die Schulter. Er hatte was entdeckt. Direkt neben dem Herrenschuh-

Schaufenster war eine Garagenauffahrt und dort stand das Schrottauto des rothaarigen Riesen. Auto-Meier entdeckte darin mit einem Blick ihre Geldtüten. Brat-Kurt und Auto-Meier schauten unauffällig in das Schaufenster und grinsten, als könnten sie ihr Glück nicht fassen. Jetzt mussten sie nur noch das Auto aufknacken - und im Autoaufknacken war Auto-Meier Weltmeister.

»Gib mir zehn Minuten«, kicherte Auto-Meier, »dann liefere ich dir mein Meisterstück.« »Super«, kicherte Brat-Kurt. »Das ist sogar super Super«, lachte Auto-Meier. Das Leben konnte so schön sein, wenn es einen mit seinen Geschenken überraschte.

Auto-Meier griff in die hintere Hosentasche und holte sein Autoknackbesteck heraus. Er wollte sich gerade ans Werk begeben, als ihm der kleine rote Porsche um die Füße fuhr. Der Junge, den die anderen Niggi nannten, winkte ihnen zu.

»Wir hauen wohl besser ab«, flüsterte Auto-Meier. »Un ... un ... und was ist mit der Kohle?«, fragte Brat-Kurt. »Ich weiß es nicht«, schimpfte Auto-Meier.

Niggi hatte jetzt den Steuerkasten in der Hand und ließ das Auto zwischen ihren Beinen herumdüsen.

»Lass es gut sein, Junge«, schrie Auto-Meier.

Niggi kam langsam auf sie zu. Die Jungen und das Mädchen umringten grinsend ihren Anführer.

Auto-Meier seufzte. »Es haben schon viele versucht, sich mit Auto-Meier anzulegen«, flüsterte er, »aber bisher haben alle den Kürzeren gezogen.«

»Lasst de ... de ... den Quatsch!«, schrie Brat-Kurt den Kids zu.

Niggi schüttelte den Kopf und ließ das rote Elektroauto direkt gegen Brat-Kurts Schuhe fahren. Das sah nach Streit aus. Das roch nach Ärger.

»Wir sagen es nicht noch einmal!«, brüllte Auto-Meier und versuchte, nach dem Auto zu treten. »Hört mit dem Scheiß auf!«

Die Kids riefen »Huhuhu«, als würden sie sich fürchten, und wackelten übertrieben mit den Köpfen. »Los, Niggi«, schrie einer und schubste ihn nach vorne. »Niggi«, schrie jetzt auch das Mädchen, »zeig es ihnen.«

Niggi lachte unsicher und steuerte den Wagen trotzdem wieder auf die Gauner zu. Auto-Meier versuchte den Porsche weg zu kicken, aber das Auto war schneller als er. So sehr er und Brat-Kurt auch versuchten, dem Porsche zu entkommen, er fuhr immer wieder zwischen ihren Füßen herum. Auto-Meier und Brat-Kurt sprangen dabei hoch in die Luft, dass es aussah, als würden sie tanzen. Die Clique klatschte in die Hände und drehte das Radio so laut, dass man dachte, es würde eine Party gefeiert.

»Wir ... wir ... wir wollten«, stöhnte Brat-Kurt, »wir wollten doch Aufsehen ver ... ver ... vermeiden.« »Eh Junge, hör mit dem Scheiß auf!«, schrie Auto-Meier wieder, »das ist kein Spaß mehr.«

»›Scheiß‹ sagt man nicht«, dachte Brat-Kurt, sagte es aber nicht. In diesem Augenblick ließ Niggi den roten Wagen direkt über Auto-Meiers Schuhe rollen. Das war zu viel. Auto-Meier sprang mit aller Kraft auf das Auto und landete genau auf dessen Dach. Es gab ein dumpfes Geräusch, als wollte jemand eine Kokosnuss knacken. Obwohl Niggi den Wagen schnell wieder unter Kontrolle hatte, war er platt wie eine zerdrückte Coladose. Quietschend eierte er zurück zu den Kids.

»Und jetzt haut ab«, schrie Auto-Meier, »sonst lernt ihr mich kennen.«

Die Kids schauten auf ihr verbeultes Elektroauto. Damit hatten sie nicht gerechnet. Sie steckten ihre Köpfe zusammen und tuschelten. Niggi hob den kaputten Porsche hoch und nahm ihn in den Arm wie einen verletzten Hund. »Meine Mama ist Polizistin!«, rief er. »Der werde ich erzählen, was ihr gemacht habt, dann könnt ihr mal sehen, was passiert.«

Das Mädchen – Brat-Kurt hatte gehört, dass die anderen sie Ilona nannten – hob einen Stein auf und wollte ihn werfen, traute sich aber nicht. Die beiden Gauner und die Kids standen sich gegenüber wie bei einem Duell in einem Cowboyfilm. Das Mädchen hatte das Radio ausgemacht. Es war still, keiner bewegte sich. Eine unerträgliche Spannung lag in der Luft.

»Buuuh«, machte Auto-Meier plötzlich. Er hatte dabei blitzschnell die Pistole aus dem Halfter gerissen und sich ihren Lauf unter den Mund gehalten, dann blies er darüber hinweg, als hätte er geschossen. Die Kinder zuckten zusammen, starrten auf die Pistole und liefen erschrocken weg.

»Den ... den ... denen hast du's aber gezeigt«, sagte Brat-Kurt und klopfte Auto-Meier auf den Rücken. »Vielleicht hab ich es übertrieben«, sagte Auto-Meier, »wenn der Junge die Wahrheit gesagt hat und seine Mama Polizistin ist, dann müssen wir verduften.«

Brat-Kurt nickte und warf einen sehnsüchtigen Blick auf die beiden Marktkauftüten, die immer noch unentdeckt im Laderaum des alten VW lagen. Er wollte sich gerade aus dem Staub machen, als er aus einem Fenster Lachen hörte. Neugierig schob er sich langsam zu dem Fenster hin.

»Was machst du da?«, fragte Auto-Meier. »Pssst«, machte Brat-Kurt und schlich weiter auf das Fenster zu.

Er hörte deutlich, wie der rothaarige Riese und das Mädchen irgendetwas veranstalteten. Es ging um einen Piraten, der Geburtstag hatte und sich einen Tanz mit Anne wünschte. Und was bekam er stattdessen geschenkt? Eine Kanne, weil man ihn falsch verstanden hatte. Dann schenkte man ihm eine Tanne und schließlich sogar eine Wanne. Und der Pirat wurde immer ungeduldiger, er wollte doch einfach nur mit Anne tanzen.

»Das Mädchen heißt Anne?«, fragte Auto-Meier, der inzwischen auch dem Spiel lauschte.

»Pssst, pssst«, machte Brat-Kurt, der sich vor Lachen nicht mehr halten konnte. Auto-Meier schüttelte nur den Kopf, wobei er immer wieder nervös auf die Straße blickte. Brat-Kurt hörte auf zu lachen. »Da fehlt noch was«, flüsterte er. »Natürlich«, flüsterte Auto-Meier, »es fehlt der Tanz mit Anne.«

Kaum hatte er es gesagt, hörten die beiden Gauner auch schon den Piraten sein Tanzlied mit Anne singen.

»Nein ... nein ... nein«, sagte Brat-Kurt, »sie haben was vergessen.«

Auto-Meier zog Brat-Kurt am Ärmel. »Wir müssen los«, sagte er, »die Polizei kann gleich hier sein.« »Kanne, Tanne, Wanne, Anne – da fehlt noch was«, flüsterte Brat-Kurt. »Lass uns von hier verschwinden«, flüsterte Auto-Meier eindringlich. »Ich möchte nicht wegen dir den Rest meines Lebens im Knast verbringen.«

Sie liefen los. Sie kannten sich in der verschlafenen kleinen Stadt nicht aus, also gingen sie wieder zum Gasthof Scholz.

»Da ... da ... da fehlt noch was«, sagte Brat-Kurt wieder, seine Stimme überschlug sich vor Aufregung, und versank in nachdenkliches Schweigen. »Du machst mich noch wahnsinnig«, knurrte Auto-Meier, »das war doch nur ein Spiel.«

Sie warteten hinter dem Gasthof darauf, dass Frau Scholz Feierabend machte. Auto-Meier hatte schlechte Laune und fluchte leise in sich hinein. Brat-Kurt dachte weiter nach, bis Frau Scholz kurz nach Mitternacht den Gasthof abschloss. Im Sommer ließ sie die Stühle und die Tische auf der Veranda stehen. Sie waren mit einem Stahldraht umschlungen, der durch ein Schloss gesichert war. Der Geräteschuppen war zugesperrt, aber Auto-Meier brauchte nur eine kleine Nadel, und schon hatte er die Tür mit ein paar Handgriffen geräuschlos geöffnet.

»Wir werden die Nacht hier verbringen«, flüsterte er, »wenn die Stadt schläft, machen wir uns noch mal auf den Weg zu unserer Beute und holen uns endgültig die 80.000 Euro.«

Sie machten es sich auf ein paar alten Sitzkissen so bequem wie es ging. Auto-Meier holte seine Pistole aus dem Halfter und legte sie neben sich. Er wollte auf alles vorbereitet sein. Die Stadt war verhext. Brat-Kurt hätte gerne etwas gegessen, aber es war nichts da, was man essen konnte. Natürlich befanden sich noch Würstchen in den Marktkauftüten, aber der bloße Gedanke an diese Würstchen verursachte ihm Magenschmerzen. Bei aller Liebe. Er sah sich um. Im Finstern wirkte der kleine Schuppen wie ein Gefängnis. In solcher Dunkelheit verging die Zeit wie im Traum. Grillen zirpten und die Glocke der alten Dorfkirche schlug, es war ein Uhr. Brat-Kurt lag auf dem Rücken und murmelte: »Kanne, Tanne, Wanne, Anne – da ... da fehlt noch was.« Auto-Meier hielt es nicht mehr aus. »Sei still«, flüsterte er, »sonst krieg ich noch einen an der Pfanne.«

Brat-Kurt horchte auf. Er überlegte gerade, ob er sich die Schuhe ausziehen sollte, aber er hatte ein Loch in seinem linken Strumpf und schämte sich dafür. Auto-Meier schloss die Augen. Brat-Kurt überlegte, sein Freund hatte eben etwas gesagt, was ihm wichtig erschienen war. Was war das noch mal? Egal, es war ein anstrengender Tag gewesen, er brauchte Ruhe. Er war fast eingeschlafen, als er plötzlich hochschreckte und schrie: »Pfanne. Du sagst es. Die ... die ... die haben die Pfanne vergessen!«

Auto-Meier schüttelte den Kopf. »Du hast einen an der Pfanne«, flüsterte er müde, »wenn jemand hier einen an der Pfanne hat, dann bist du das.« Brat-Kurt lächelte und schloss die Augen.

In Kapitel 7

wird erzählt, warum nachts ein ganzes Haus erschüttert wird, wieso Berti seine Dingsbumsknibbers vermisst und eine Reise rascher endet als gedacht.

Wir wurden alle um vier Uhr morgens aus unseren Träumen gerissen. Berti hatte vermutlich am besten geschlafen. Im kühlen Keller war es nachts angenehmer als oben, wo mein Bett stand. Die Hitze sammelte sich dort und wollte nicht gehen. Ich hörte Papa die halbe Nacht auf und ab tigern. Er redete mit sich selbst. Es klang, als würde er mit sich schimpfen. Ich schlief zwar, aber sehr schlecht. Ich träumte von Niggi und meiner Clique. Sogar die doofe Ilona kam in meinem Traum vor und streckte mir die Zunge raus. Ich musste unbedingt mit Niggi reden. Er war doch mein Freund. Später träumte ich von Sonnenblumen, bis ich durch Bertis Geschnarche wach wurde. Er sägte einen ganzen Wald ab. Wie kann ein Mensch nur so laut schnarchen? Er lag doch im Keller und ich im Dachzimmer! Bertis Traumseufzen erschütterte das ganze Haus. Er behauptete zwar später, dass er die ganze Zeit wachgelegen hätte, aber wie kann jemand schnarchen und gleichzeitig wachliegen? Das war wieder so eine typische Berti-Geschichte.

Es war also Punkt vier Uhr morgens, als Papa uns weckte. Draußen war es noch dunkel. Als wir in die Küche kamen, war der Frühstückstisch schon gedeckt. Berti und ich waren überrascht, dass Papa an so etwas Praktisches denken konnte. Papa hatte bei uns nie das Frühstück gemacht, nicht mal am Muttertag. Vielleicht zog ein neues Leben bei uns ein. Papa hatte sich besondere Mühe gegeben. Es gab Eier, obwohl es gar nicht Sonntag war. Viel zu dunkler Toast lag auf dem Teller, aber immerhin. Er hatte auch den Käse und die Wurst aus der Verpackung genommen und auf ein silbernes Tablett gelegt. Alles sah nach einem Festtag aus, und dabei war heute der Tag, an dem wir ihn in die Klinik nach Flensburg bringen würden. Berti setzte sich in Unterhemd und Unterhose an den Frühstückstisch und gähnte vor sich hin. Er roch nach Zimt, und ich war überrascht, wie viele Gerüche mein Bruder verströmen konnte.

Er hatte seine Piratenstiefel angezogen und Schlaf in den Augen.

»Wo sind meine Dingsbumsknibbers?«, fragte er plötzlich. Ich wusste nicht, was er meinte. »Die sind gefüllt mit was und man muss sie sofort essen, sobald Milch darüber geschüttet wurde, sonst weichen sie auf und alles schmeckt nicht mehr«, erklärte Berti seine Dingsbumsknibbers.

Papa brachte ihm das Biomüsli, das Mama immer für mich gekauft hatte. Mama kaufte immer gleich mehrere Packungen auf einmal von dem Zeugs. Auf einmal fiel mir ein, dass das die letzten Müsliflocken waren, die Mama für mich gekauft hatte. Ich nahm die Packung an mich und hielt sie fest. Papa verstand sofort, woran ich denken musste, und zwinkerte mir traurig zu. Zum Glück gähnte Berti, schob sich ein großes Stück Gouda in den Mund, kratzte sich am Hinterkopf und rieb sich die Nase. Und das alles mit nur zwei Armen. So brachte er uns wieder zurück in die Welt.

»Ich bin morgens ein besserer Vegetarier als abends«, sagte Berti mit vollem Mund und trank ein Glas Milch.

Er trank eigentlich Kaffee, aber Papa hatte vergessen, in die Filtertüten Kaffee zu tun. So lief das Wasser oben in den Filter und kam unten als heißes Wasser wieder raus. Da auch kein Kaffee im Schrank war, trank Berti eben Milch. Er bekam dabei einen lustigen Milchschnurrbart und schaute von einem zum anderen, bis er ihn sich abwischte.

»Ich freue mich schon auf Flensburg«, sagte Papa, sah dabei aber ganz unglücklich aus. »Hast du denn schon alles gepackt?«, fragte ich und stellte das Müsli wieder ins Regal. »Doktor Kapuze hat mir geholfen«, sagte Papa und gähnte. »Es tut mir nur so leid, dass ich so…«

Ich weiß nicht, was Papa sagen wollte, ich gähnte auf jeden Fall mit. Wir waren wie zwei verirrte Schäfchen, die beide nicht wussten, wie es weitergehen sollte, aber immerhin waren wir nicht allein und machten »Mäh, mäh, mäh«.

Berti wollte sein Ei essen, aber es war innen drin so glibberig, dass man es nicht auf dem verbrannten Toast verteilen konnte. Papa wurde ungeduldig. Ohne etwas zu sagen, stand er auf und rollte seinen Koffer nach draußen. Es war der Koffer mit den quietschenden Rädern, den er mal für Mama gekauft hatte. Sie weigerte sich, damit zu verreisen, weil die Räder so laut quietschten, dass sich alle Leute von dem Koffer verfolgt fühlten, als wäre er ein weinender Hund. Ich räumte den Frühstückstisch ab. Ich hatte gar nichts essen können, aber ich sah, wie Berti noch schnell ein Stückchen Wurst verschlang.

»Ich denke, du bist morgens ein besserer Vegetarier als abends«, neckte ich ihn. »Ich kann die Wurst doch nicht verkommen lassen«, sagte Berti und rannte auf die Straße. Wir mussten mit Bertis Bulli fahren, weil Papa Geld gebraucht und unseren Wagen verkauft hatte.

Es war noch immer dunkel und kühl. Ein Glück. Bertis Auto hatte keine Aircondition und es sollte heute sehr heiß werden. Wir mussten los. Berti schob Papas Koffer so tief in den Laderaum, dass er an die beiden Marktkauftüten stieß, die vor der hochgeklappten Sitzbank standen. Erst danach fiel ihm auf, dass er immer noch in Unterhose und Unterhemd herumlief. Schnell schlurfte er ins Haus zurück.

»Wasch dich auch und putz dir die Zähne«, rief ich und erschrak, weil es genau das war, was Mama mir oft hinterhergerufen hatte. »Ihr kommt doch klar?«, fragte Papa. »Abwarten«, sagte ich nur, weil ich Papa nicht noch mehr Sorgen machen wollte. »Er hätte damals nicht aus Atteln weggehen sollen«, sagte Papa versonnen. »Er ging und ließ seine Liebe zurück.«

Ich setzte mich zu Papa auf die Vorderbank, weil der Rücksitz noch umgeklappt war. Ich saß halb auf Papas Knien, sodass wir uns den einen Sicherheitsgurt teilen konnten.

»Berti war verliebt?«, fragte ich neugierig. »Und wie«, schmunzelte Papa; dann kam Berti und Papa schwieg.

Die Öllampe leuchtete nach dem Starten auf, aber Berti behauptete wieder, das hätte nichts zu sagen. Wir fuhren los. Er machte Musik an. Es war normale Radio-Lala, die man schon vergessen hatte, wenn die nächste Musik durch den Äther klang.

»Ich höre nicht immer solche Musik«, sagte Berti, »ich mag auch Hörspiele und anspruchsvolle Diskussionen.« »Schon klar«, sagte ich, »so wie du auch kein Fleisch isst und fast nicht rauchst.« Berti schaute böse. Er verstand nicht, dass ich ihn bloß auf die Schippe nehmen wollte.

Wir fuhren auf die Autobahn, Richtung Hannover. Schnell fädelten wir uns in den laufenden Verkehr ein, der Motor wurde so laut, dass wir keine Musik mehr hören konnten. Trotzdem ließen wir das Radio an. Berti fuhr, so schnell er konnte. Er nahm den Fuß nicht vom Gas. Wenn das so weiterging, würden wir in fünf Stunden in Flensburg sein.

»Gibt es in Flensburg auch einen Flughafen?«, fragte Papa. »Kann sein«, sagte Berti, »in Flensburg gibt es alles.« »Warst du denn schon mal in Flensburg?«, fragte ich Berti. »Nein«, sagte Berti, »aber heutzutage haben alle Städte ein breites Verkehrsangebot.« Er klang etwas geschraubt, als müsse er eine Rede halten. »Was soll denn das heißen?«, fragte ich, denn ich kannte Städte, die hatten keinen Flughafen. Berti zupfte sich den Bart und ließ die ausgezupften Haare aus dem geöffneten Fenster in die Welt fliegen. »Ich wollte unserem Papa nur Mut machen«, sagte er. »Ich fände es beruhigend, wenn an jedem Ort ein Flughafen wäre, mit Flugzeugen, die einen überallhin bringen können.«

»Und was ist mit dem Lärm der startenden und landenden Flugzeuge?«, fragte ich. »Ich kriegte nachts doch kein Auge zu.« Berti überlegte die nächsten zehn Kilometer. Ich war fast eingenickt und wusste erst gar nicht, was er meinte. »Es gibt doch Ohrenstöpsel«, sagte Berti plötzlich. »Wozu brauchen wir denn Ohrenstöpsel?«, fragte ich erstaunt. »Wegen der Flugzeuge, die des Nachts starten und landen«, sagte Berti und winkte einem Autofahrer zu, der ihm zuwinkte. Papa lachte, er fand unser Gespräch komisch, ich hätte mir in dem Augenblick auch Ohrenstöpsel gewünscht. Ich war nämlich todmüde.

Hinter Hannover blieb Berti ungewohnt langsam hinter einem Bus. Er fuhr dann bei der nächsten Abfahrt auf einen Rasthof

»Was hast du vor?«, fragte Papa. »Ich brauche einen Kaffee«, sagte Berti und hielt direkt vor der Tankstelle. »Schon?«, fragte ich, »Wir sind doch gerade erst losgefahren.« »Was heißt ›schon‹?«, fragte Berti. »Ich habe heute noch gar keinen Kaffee getrunken und es ist fast sieben Uhr.« »Ich weiß«, sagte ich. »Du stehst wahrscheinlich jeden Morgen um fünf Uhr auf, damit du bis sieben viel Kaffee trinken kannst.«

Berti verstand nicht, was ich sagen wollte, und ich gebe zu, ich verstand es auch nicht. Ich wollte ihn einfach nur ärgern und auch das verstand ich nicht. Ich fühlte mich wie ein aus dem Nest gefallener Vogel und ärgerte mich einfach über Berti, der plötzlich vor der Tür gestanden hatte und nun auf mich aufpassen sollte. Außerdem fehlten mir mein Freund Niggi und der tröstende Arm der ganzen Welt. Ich war unausstehlich, aber immerhin wusste ich das.

Wir parkten auf dem Rasthof. Papa wollte aussteigen, kam aber nicht heraus. Berti lief um das Auto herum und öffnete die klemmende Beifahrertür. »Die lässt sich, wie ihr wisst, nur von außen öffnen«, sagte er entschuldigend.

Papa und ich stiegen aus. Papa streckte sich. Wir gingen in die Tankstelle, wo es in einem abgeteilten Raum Kaffee und Kleinigkeiten zu essen gab. Ich bemerkte, dass Papa unruhig war und angestrengt über etwas nachdachte. »Ich habe die ganze Zeit das Gefühl, ich hätte etwas vergessen«, sagte Papa plötzlich. Wir schauten uns an.

»War es etwas Wichtiges?«, fragte ich und biss in ein Käsebrötchen, das Berti mir gekauft hatte. »Wahrscheinlich«, sagte Papa und gähnte, während er sprach, »es muss etwas sein, das ich sonst immer um mich habe.«

Berti humpelte durch die Tankstelle und zog sich einen Automatenkaffee. »Warum humpelst du, mein Junge?«, fragte Papa. Berti und ich schwiegen erstaunt. Mein Papa hatte zu Berti »mein Junge« gesagt. So musste er ihn früher genannt haben. »Wenn ich wenig gegangen bin, müssen sich meine Beine erst wieder ans Gehen gewöhnen«, sagte Berti endlich, trank seinen Becher mit einem Riesen-Schluck leer und drehte sich eine Zigarette.

Wir gingen nach draußen, weil man in der Tankstelle nicht rauchen durfte. Ich schaute auf den von Müll überquellenden Abfalleimer, der in Nähe der Bank stand, auf die wir uns gesetzt hatten und wollte dort weg.

»Was guckst du denn so blöd?«, fragte Berti. Ich merkte, dass Berti von mir genervt war, trotzdem musste ich ihn weiterärgern. »Entschuldige«, sagte ich. »Wenn ich wenig gedacht habe, muss sich mein Kopf erst wieder ans Denken gewöhnen.« Ich konnte riechen, wie sauer Berti war. Er roch wirklich so, als wollte er gleich explodieren. Er zündete sich die Zigarette an.

»Okay, Schwesterlein«, sagte er schließlich. »Ich habe mich lange nicht um dich gekümmert. Es gibt halt Erwachsene, die arbeiten müssen, und sei es in der Tahiti-Bar in Oldenburg. Aber wenn du mich ärgern willst, dann bitte in einem anderen Ton.« Das war der größte Unsinn, den ich bisher gehört hatte.

»In was für einem Ton möchtest du denn geärgert werden?«, fragte ich schnippisch. Berti überlegte und ließ kleine Rauchringe gen Himmel steigen. »Netter«, sagte er dann. Wir mussten lachen. Ich boxte Berti in den Bauch und wusste, dass ihm das nicht wehtat. Es war einfach nur ein Spiel unter Geschwistern.

Papa lachte auch, aber plötzlich wurde er blass wie Milch. »Was ist denn?«, fragte ich. Papa öffnete den obersten Knopf seines Hemdkragens. »Meinen Schuhkoffer«, stammelte er, »wir haben meinen Schuhkoffer vergessen.« Berti schlürfte an seinem Kaffee und fragte: »Von welchem Schuhkoffer sprecht ihr?«

Papa brauchte seinen Schuhkoffer, quasi wie ein Schmusekissen, weil er darin alle seine Lieblingsschuhe verstaute, wenn er eine Reise antrat.

»Papas Lieblingsschuhe sind noch zu Hause«, sagte ich. Papa seufzte und schaute auf das Dach der Tankstelle, über dem ein großes rotes Gummiwürstchen flog. »Das heißt?«, fragte Berti, obwohl er die Antwort schon ahnte.

Papa pustete in Richtung der Plastikwurst, als könnte er sie wie ein Luftschiff hin und her bewegen.

»Wir müssen bei der nächsten Ausfahrt umdrehen«, sagte ich. »Wir holen einfach Papas Schuhkoffer und düsen wieder los.« Berti seufzte. Er zwinkerte mir zu und sagte: »Zum Glück sind wir ja noch gar nicht richtig vorangekommen, oder?«

Ich nickte. Wir gingen noch einmal in die Tankstelle. Berti hatte Durst. Er kaufte sich noch einen Automatenkaffee und stürzte ihn herunter, als wäre es Medizin. Papa trommelte nervös mit den Fingern auf dem Stehtisch, an dem wir standen und Berti anstarrten wie einen Zugfahrplan. Er schaute noch ein wenig auf den Fernseher, der in einer Ecke der Tankstelle hing und ohne Ton die Nachrichten zeigte. Plötzlich erschien der Schalterraum der Attelner Sparkasse im Bild. Ich achtete auf die angezeigten Textleisten. Die Nachrichtensprecherin berichtete von einem Banküberfall. Ich erkannte Herrn Brönner von der Sparkasse. Er hatte einen Tigeranzug an und schwitzte darin so, dass er sich immer mit der Hand den Schweiß auf der Nase abwischen musste. Die Welt war wirklich in Aufruhr - und das in Atteln. Dann fuhren wir los und schwiegen uns an. So langsam machte sich wieder die Hitze breit.

In Kapitel 8

wird erzählt, warum Auto-Meier sich fühlt wie die Prinzessin auf der Erbse und wie es geschieht, dass Brat-Kurt an eine Schatztruhe kommt.

Die ganze Nacht kämpfte Auto-Meier gegen den Schlaf an. Er musste dieses verdammte Kaff verlassen und wollte vorher endlich die Beute von 80.000 Euro abkassieren. Er kniff die Augen zusammen und riss sie wieder auf. Er schüttelte sich. Da lag er nun im Schuppen der Gastwirtschaft auf einem Berg schmuddeliger Sitzkissen und kam sich vor wie die Prinzessin auf der Erbse. Brat-Kurt schlief wie ein kleines Kind, aus seiner Nase kamen schniefende Geräusche, die ein sonderbares Nachtlied pfiffen. Die Kirchenuhr schlug viermal. Es war vier Uhr morgens. Die kleine Stadt schlief. Nun konnten sie es riskieren, ihre Beute zu holen. Auto-Meier weckte Brat-Kurt.

»Steh auf, lass uns nach Tahiti düsen«, flüsterte Auto-Meier. »Tahiti?«, fragte Brat-Kurt, der noch nicht ganz wach war. »Ja«, sagte Auto-Meier, »wir holen uns jetzt unseren Zaster.«

Wenn Brat-Kurt etwas von Geld hörte, war er zu allem bereit.

Leise schlichen sie vom Parkplatz aus durch den kleinen Ort und bestaunten die Stille. In Atteln wurden wirklich ab zehn Uhr abends die Bürgersteige hochgeklappt. Nun, in der Frühe, war es immer noch so still, als gebe es die Welt nicht. Sie schlichen an der Sparkasse vorbei, ließen die Kirche links liegen und bogen dann an der Bushaltestelle in die Wurlitzergasse ein. Direkt auf den Stromkasten an der Ecke war ein Plakat geklebt, das auf das Sparkassenfest mit anschließendem Feuerwerk hinwies. »Verschoben auf morgen, Freitag«, war mit rotem Filzstift quer über das Plakat geschrieben worden. Die beiden konnten sich gerade noch in den Schatten des Stromkastens flüchten, als sie den rotschwarzen VW-Bus aus der Gasse kommen sahen.

»Verdammt«, sagte Auto-Meier. »›Verdammt‹ sagt man nicht«, flüsterte Brat-Kurt. Auto-Meier schaute völlig fassungslos dem Auto nach.

»Was soll man denn sonst sagen, wenn ein Auto mit der gesamten Beute von 80.000 Euro in der Nacht verschwindet?«, schimpfte Auto-Meier. Brat-Kurt ging zu seinem Freund und legte ihm eine Hand auf die Schulter. »Vielleicht: ›so ein Pech‹«, sagte Brat-Kurt. »So ein Pech«, flüsterte Auto-Meier drohend, »wir müssen herauskriegen, wo diese Typen hinfahren wollen. Mist, Mist, verdammt. Nichts klappt in diesem Scheißkaff.«

Auto-Meier verschwand in der Wurlitzergasse und machte sich am Türschloss des Schuhgeschäftes zu schaffen.

»Was ... was hast du vor?«, fragte Brat-Kurt hinter ihm aufgeregt. »Was ich wohl vorhabe«, flüsterte Auto-Meier. »Das siehst du doch. Wir brechen in ihr Haus ein und versuchen herauszubekommen, wohin diese Pfeifen abgehauen sind.«

Nervös schaute sich Brat-Kurt um, aber kein Auto fuhr vorbei und kein Mensch war zu sehen. Schnell hatte Auto-Meier das Schloss der Tür geknackt. Er steckte seine Dietrichsammlung zurück in die Hosentasche und ging zielstrebig an den Verkaufsräumen vorbei, bis er in das Wohnzimmer gelangte. Brat-Kurt war immer wieder erstaunt, wie gut sich sein Freund im Dunkeln in fremden Häusern zurechtfinden konnte.

»Wir müssen nach einem Zettel suchen, nach einer Landkarte oder Telefonnummer kramen. Wir müssen irgendwas haben, was uns zu ihnen führt«, rief Auto-Meier. »Vo ... vo ... vor allen Dingen«, flüsterte Brat-Kurt, »sollten wir leise sein, denn eine Grundeigenschaft eines Einbrechers ist sei ... seine Unauffälligkeit« »Red nicht so eine Sülze«, flüsterte Auto-Meier zurück. »Wir müssen herausfinden, wohin sie abgedüst sind.«

Er schlich ins Dachgeschoss. Brat-Kurt machte den Fernseher an, um wenigstens etwas Licht im Wohnzimmer zu haben. Neben dem Fernseher stand ein Schreibtisch, der mit Zetteln, Zeitungen und anderem Krimskrams überhäuft war. Er wollte gerade mit dem Suchen anfangen, als er die Musik seiner Lieblingssendung ›Spaß und Geld‹ hörte. Auf einem Verkaufskanal, der den ganzen Tag und die ganze Nacht über sendete, kam gerade seine Lieblingsratesendung. Hier konnte man mit ein bisschen Glück viel Geld gewinnen. Brat-Kurt legte den Stoß Zettel auf den Schreibtisch zurück und konnte nicht widerstehen. Er setzte sich vor den Fernseher und starrte gebannt auf die erste eingeblendete Frage. Der Moderator las sie laut vor: »Wie heißt eine bekannte Kindergeschichte von Michael Ende: a. Mama, b. Mimi oder c. Momo.« Die Telefonnummer wurde eingeblendet. Ehe sich Brat-Kurt versah, hatte er einen Telefonhörer in der Hand und wählte die Nummer. Ihm war es egal, ob es ein Kinderbuch gab, das Mama, Mimi oder Momo hieß. Er wollte einfach nur anrufen und ganz laut »Morgen!« rufen. Die Wahrscheinlichkeit, durchgestellt zu werden, war sowieso mehr als gering. Brat-Kurt wählte die Nummer und hörte das Freizeichen. Brat-Kurt nahm den Hörer vom Ohr und horchte, was Auto-Meier tat, aber alles war still. Plötzlich hörte er eine Frauenstimme, die fragte; »Hier ›Spaß und Geld‹, wie heißen Sie?« Brat-Kurt hatte am liebsten laut aufgeschrien, aber er überlegte. Er konnte doch nicht seinen richtigen Namen nennen. Er war doch ein gesuchter Bankräuber und wollte keine Spuren hinterlassen. Brat-Kurt beschloss den Namen des Anschlussbesitzers zu nennen, dann konnte ihm nichts passieren. Er schaute auf den Telefonapparat, auf dem der Name angegeben war.

»Hallo?«, fragte die Frauenstimme. »Sind Sie noch am Apparat?« »Ja ... ja ... ja«, sagte Brat-Kurt aufgeregt, »ich heiße Herr Kleine vom Schuh … Schuh … Schuhhaus Kleine in Atteln.«

»Willkommen bei der Show, Herr Kleine«, sagte die überfreundliche Frauenstimme, »ich stelle Sie nun zum Moderator durch. Sind Sie bereit?« »Im ... im ... immer«, sagte Brat-Kurt und kicherte vor sich hin.

Gleich würde er sein »Morgen!« in die Welt hinausbrüllen und ganz schnell wieder auflegen.

»Ich höre, dass wir einen Anrufer in der Leitung haben«, sagte der Moderator. »Spreche ich da mit Herrn Kleine?« »Ja ... ja ... ja«, schrie Brat-Kurt in den Hörer, »hier spricht Herr Kleine vom Schuh … Schuh … Schuhhaus Kleine in Atteln.«

Im Fernsehstudio ertönte ein durchdringendes Pfeifen, eine Rückkoppelung, und der Moderator zog sich rasch seinen Ohrhörer aus dem Ohr. Sofort lief Brat-Kurt zum Fernseher und stellte den Ton ab. Nun konnte er sich besser mit dem Mann im Studio verständigen.

»So früh schon auf?«, fragte der Fernsehmoderator. »Ja ... ja ... ja«, sagte Brat-Kurt und lachte, »ein Schuh … Schuh … Schuhverkäufer hat immer viel zu tun.« »Dann gilt es nun«, sagte der Moderator und las die Frage noch einmal vor. Sie wurde dazu eingeblendet. »Wie heißt das bekannte Kinderbuch von Michael Ende: a. Mama, b. Mimi oder c. Momo?«

Jetzt kam Brat-Kurts große Stunde. »Also, Herr Kleine«, schrie der Moderator, »wie heißt dieses Buch?« Brat-Kurt schrie aufgeregt: »Mo ... Mo«, und wollte eigentlich doch mit seinem »Morgen!« grüßen, als ein Triumphtrompetenklang ihn übertönte und der Moderator begeistert in die Hände klatschte. »Das ist richtig, Herr Kleine«, schrie er, »dieses wundervolle Kinderbuch heißt ›Momo‹!«

»Mo ... Mo ... Morgen!«, schrie Brat-Kurt. Der Moderator lachte und zwei Frauen trugen eine Schatzkiste ins Bild. »Das ist wirklich ein guter Morgen, Herr Kleine vom Schuhhaus Kleine in Atteln!«, schrie der Moderator, »und wissen Sie, was Sie gewonnen haben?«

Die beiden Frauen öffneten die Schatzkiste, in der 100-Euro-Scheine zu Paketen gebündelt waren. Auf dem Bildschirm erschien eine Zahl. Es war die Gewinnsumme: 80.000 Euro! Brat-Kurt fasste sich an den Kopf. Alles drehte sich. Er hatte gewonnen. Er hatte tatsächlich 80.000 Euro gewonnen!

»Danke, Herr Kleine, für Ihren Anruf. Wir haben Ihre Telefonnummer in Atteln und Sie hören in den nächsten Tagen von uns.« Das Telefongespräch war zu Ende. Der Moderator hatte aufgelegt.

Moment, wollte Brat-Kurt noch sagen, ich heiße gar nicht Herr Kleine, ich komme nicht aus Atteln und ich habe auch kein Schuhgeschäft, aber ich würde gerne die 80.000 Euro haben. In diesem Augenblick kam jedoch Auto-Meier die Treppe heruntergelaufen. Er machte den Fernseher aus und stellte sich vor Brat-Kurt.

»Schau mal, Brati, was ich hier gefunden habe.« Brat-Kurt war es egal, was Auto-Meier gefunden hatte. Er hatte gerade 80.000 Euro gewonnen!

»Ich habe oben eine Überweisung für eine Kurklinik in Flensburg gefunden, mit Adresse. Wir müssen uns beeilen.« Brat-Kurt murmelte nur: »Mo ... Mo ... Morgen.« Auto-Meier geriet außer Rand und Band. »Nein, heute, Brat-Kurt«, redete er weiter, »die sind gerade unterwegs nach Flensburg, wir können sie noch abfangen, wenn wir wie die Teufel rasen.«

Auto-Meier nahm Brat-Kurt den Telefonhörer aus der Hand und zog ihn hinter sich her. Sie mussten schnell handeln und vor Tagesanbruch einen Wagen finden, mit dem sie die Verfolgung aufnehmen konnten. Sie schlichen das Treppenhaus hinunter, traten auf die Gasse und bogen in die Hauptstraße ein.

»Verstehst du?«, flüsterte Auto-Meier. »Ich gehe davon aus, dass unsere Tüten unentdeckt geblieben sind. Wir müssen nun einfach diese Typen in ihrem Schrottauto stoppen.«

Die Kirchenuhr schlug sechsmal. Schon sechs Uhr. Sie schlichen über den Parkplatz von Frau Scholz. Sie suchten ein Auto. Bald sahen sie den BMW, welcher dem Mann gehörte, der nach der Beerdigung mit dem Mädchen eine Unterhaltung geführt hatte. Er stand da, als wäre der Mann nie fort gefahren. Als warte er nur darauf, von zwei Autodieben benutzt zu werden.

Auto-Meier schaute sich um und holte sein Autoknackbesteck aus der Windjacke. Es dauerte nicht lange, bis er die Beifahrertür geöffnet hatte und einladend zu Brat-Kurt sagte: »Bitte schön!« Und Brat-Kurt stieg ein.

»Würdest du glauben, dass ich ... ich ... heute 80.000 Euro beim Fernsehquiz gewonnen habe?«, fragte Brat-Kurt. »Nein«, murmelte Auto-Meier und stieg auf der Fahrerseite ein. »Du träumst wohl.«

»Dacht ich mir«, murmelte Brat-Kurt.

»Wir fahren los, du Spinner«, sagte Auto-Meier.

Brat-Kurt versuchte, auf dem Beifahrersitz eine bequeme Stellung einzunehmen, fand aber keine.

»Ich … ich habe Durst«, sagte er. »Ich nicht«, sagte Auto-Meier. Sie rasten los.

In Kapitel 9

wird erzählt wieso Berti meint, alles im Griff zu haben, warum Anne glaubt, dass sie verfolgt werden und dass es Zeit wird für eine Nothaltebucht.

Wir hatten den Rasthof verlassen und fuhren bei der nächsten Abfahrt von der Autobahn runter, um gleich wieder auf die Auffahrt für den Rückweg einzubiegen. Man kann über Berti sagen was man will, aber Auto fahren konnte er. Der Verkehr war in dieser Richtung dichter, und wir kamen nur noch langsam voran. Bald standen wir in einem Stau und krochen nur noch wie die Schnecken vorwärts. Alles zog sich hin. Berti zündete sich eine Zigarette an, die er aber nach meinem Hüsteln fast außerhalb des Autos rauchte. Er lehnte sich dazu übertrieben weit aus dem geöffneten Seitenfenster und schrie nach jedem Zug »Aah«, als würde die Zigarette besonders gut schmecken. Wie albern.

Papa hatte sich hinten auf die Matratze gelegt und blätterte in einer alten Musikzeitung, die er dort gefunden hatte. »Wir könnten ein Lied singen«, schlug ich vor, aber niemand ging darauf ein. Mama hätte mitgesungen.

Eine neue Ausfahrt kam in Sicht. Berti beschloss, auf die Bundesstraße auszuweichen und verließ die Autobahn. »Wir hätten schon längst in Flensburg sein können«, maulte er und rülpste.

Ich hielt mir die Ohren zu. Auf so ein Gerülpse und Gemaule hatte ich wirklich keine Lust. Wir fuhren nun durch kleine und größere Ortschaften, deren Namen ich noch nie gehört hatte. Leider waren wir nicht die einzigen, die auf diese Idee gekommen waren. Alle wollten den Stau umfahren. Lkws und Pkws schleppten sich von Ampel zu Ampel und alle hörten den Verkehrsfunk ab. Hinter uns hatte sich ein Auto aus unserer Gegend eingereiht, was ich am Kennzeichen »PB«, welches für den Landkreis Paderborn steht, erkennen konnte. Genauso einen BMW hatte auch Doktor Kapuze. Er hatte sogar an der gleichen Stelle ein UNICEF Emblem kleben. Was es für Zufälle gibt. Ich winkte, aber keiner der beiden Fahrer winkte zurück. Obwohl sie Abstand hielten, schienen sie uns doch zu folgen, als hätten wir das gleiche Ziel.

»Deine Öllampe leuchtet«, sagte ich zu Berti. »Die leuchtet immer«, sagte Berti genervt. »Das ist ein Elektronikfehler.« »Du musst trotzdem nach dem Öl schauen«, sagte ich. »Mach ich schon«, sagte Berti laut. Es klang aber nicht so, als hätte er es wirklich vor.

Inzwischen waren wir alle müde. Wir hingen träge und schlecht gelaunt in Bertis Auto herum. Papa schrie immer mal wieder auf, wenn er am Straßenrand ein Schuhgeschäft entdeckt hatte. Bald holte uns die Sonne ein und wurde unser ständiger heißer Begleiter.

»Hinter uns fährt ein Auto, das hat die gleichen Anfangsbuchstaben auf dem Nummernschild wie die Autos aus unserer Gegend«, sagte ich. Berti schaute in den Spiegel.

»Dann kommt es auch aus eurer Gegend«, kombinierte er. Ich überlegte. »Es scheint uns zu verfolgen«, sagte ich. »Du siehst Gespenster«, sagte Berti und reckte sich. Er rieb sich die Augen. Die Autoscheibe war verschmiert. Sie klebte voller Insekten, die sich uns während der Fahrt in den Weg gestellt hatten. Papa war eingenickt. Im Auto konnte er immer gut schlafen.

»Papa hat erzählt, du wärst verliebt gewesen«, sagte ich nach einer Weile. Berti stellte das Autoradio laut, ich stellte es wieder leise. »Was weißt du denn über die Liebe?«, sagte Berti und hupte ungeduldig, als das nächste Auto an der grünen Ampel nicht weiterfuhr. »Ich habe einen Freund«, sagte ich. »Er heißt Niggi, aber im Augenblick hören wir wenig voneinander.« »Wieso denn das?«, lenkte Berti ab. »Ich glaube, bei mir passiert zu viel«, sagte ich nach einer Zeit. »Ich glaube, er weiß nicht mehr, wie er mir helfen kann.«

Aber da war auch noch was anderes. Als Mama gestorben war, tat Niggi so als hätte ich eine ansteckende Krankheit. Er ließ mich links liegen und ging mir aus dem Weg. Er wusste plötzlich nicht mehr, was er mir sagen sollte.

Endlich war eine neue Autobahnauffahrt in Sicht. Bevor ich nachschauen konnte, ob die Richtung für uns infrage kam, hatte Berti sich dort schon eingefädelt. Ich blätterte in Bertis zerfleddertem Autoatlas nach. »Eh!«, schrie ich. »Wir fahren wieder in Richtung Hannover. Wir wollen doch aber zurück nach Atteln!« »Lass mich mal machen«, sagte Berti. »Hauptsache, wir kommen vorwärts.« Ich verdrehte die Augen. »Ich weiß nicht, ob ›vorwärts‹ wirklich unsere Richtung ist.«

Ich schaute in den Spiegel. »Das Auto mit dem Paderborner Kennzeichen ist immer noch hinter uns.« »Siehst du«, sagte Berti, »dann scheint der Weg richtig zu sein.«

Ich gähnte verwundert. Wir fuhren seit Stunden in der Gegend rum und wussten nicht mehr, wo wir waren. Einmal fuhr Berti wieder ab von der Autobahn, dann fuhr er wieder auf eine andere Autobahn auf. Ich hatte bald die Orientierung verloren. Irgendwann nickte ich ein und wachte erst wieder auf als sich das Licht und die Landschaft verändert hatten. Es musste schon Nachmittag sein. Es war heiß geworden und mein T-Shirt klebte an mir wie eine zweite Haut. Ich öffnete das Fenster und hielt kurz meinen rechten Arm in den Fahrtwind. Dann schaute ich im Autoatlas nach, wo wir uns befanden. Die Namen auf den blauen Autobahnschildern hatte ich noch nie gehört. Papa lag immer noch auf der Matratze und schlief. Er schnarchte leise. Ein feiner Schweißfilm bedeckte sein Gesicht.

»Wir müssten schon längst zu Hause sein«, sagte ich zu Berti. »Wir müssten schon längst zu Hause sein«, äffte mich Berti nach und raufte sich die Haare. Er war unsicher, tat aber so, als hätte er noch alles im Griff. »Blöder Schuhkoffer«, murmelte er, »ohne diesen blöden Schuhkoffer wären wir längst in Flensburg.« »Das ist kein blöder Schuhkoffer«, sagte ich und schaute nach hinten, aber Papa lag eingemummelt unter Bertis Schlafsack und schien zufrieden vor sich hin zu schwitzen.

»Ich habe versucht, noch einen zweiten Stau zu umfahren«, sagte Berti, »nun scheinen wir auf dem richtigen Weg zu sein.« Ich schaute aus dem Heckfenster. Unser ständiger Begleiter, der Pkw mit dem »PB«-Kennzeichen, war immer noch dicht hinter uns. Waren wir vielleicht auf der vorgegeben Naviroute und das ohne Navi? Vielleicht irrten an dem Tag alle in der Welt herum und suchten den Weg nach Hause.

Wenn es nur nicht so heiß gewesen wäre! Berti zog seine Lederjacke aus. Er fuhr dabei unbeirrt weiter, als hätte ihn jemand aufgezogen. Wir waren die Flipperkugel in einem riesigen Weltenflipper und jemand hatte uns ins Spiel geschickt.

Mein linker Fuß war eingeschlafen. Ich zog meinen Schuh aus und massierte den Fuß, bis ich wieder Leben darin spürte. Ich schaute nach hinten und sah, dass Papa nun die Augen offen hatte, mich aber nicht sah. Er träumte mit offenen Augen. Ich musste mal. Wir fuhren und fuhren und nirgendwo wurde auf eine Raststätte hingewiesen. »Stopp!«, rief ich Berti zu. »Ich muss mal.«

Ich ärgerte mich. Vor einer halben Stunde hatte Berti noch auf der Bundesstraße bei einem Marktkauf gehalten. Er hatte sich fünf Chipstüten und anderen Reiseproviant in zwei Marktkauftüten stopfen lassen, und dort hatte ich die einmalige Gelegenheit, auf die Toilette zu gehen, verpasst. Aber ich musste dort auch nicht, dazu war ich viel zu beschäftigt. Ich hielt Ausschau nach unserem treuen Verfolger. Ich dachte zuerst, der Wagen wäre verschwunden, aber dann, als wir losfuhren, war er plötzlich wieder hinter uns. Nahm da jemand den gleichen Weg wie wir? Mit allen Umwegen? Möglich wäre es, aber irgendwie war es schon sonderbar.

Ein Rascheln und Knabbern riss mich aus meinen Gedanken. Berti grapschte beim Fahren in einer Chipstüte herum und schob sich Berge von Chips in den Mund. »Chips essen ist total schädlich«, sagte Berti, rülpste und bot mir keine an. Ich nahm ihm genervt die Chipstüte aus der Hand und sah, dass sie leer war. Ich stopfte sie in das kaputte Handschuhfach. Ich hatte angefangen, dort unseren gesamten Müll zu sammeln.

»Wir haben hinten noch Würstchen«, sagte Berti und schaute auf seine Hände, als vermisse er etwas, mit dem er rascheln konnte. »Nein danke«, sagte ich. Berti musste totaler Marktkauf-Fan sein. Nun waren hinten in seinem Auto schon vier Marktkauftüten versammelt, um uns vor anfallenden Hungerattacken zu bewahren.

Während ich angeekelt fortschaute, klaubte er die Chipsreste aus seinem Bart. »Ich habe noch kein Schild entdeckt, das zum Rasten einlud«, murmelte Berti vornehm. »Was sollen wir denn jetzt machen?«, fragte ich. Ich merkte, dass das Fehlen jeder Haltemöglichkeit, das Drängen in mir auf eine Pause ins Unerträgliche steigerte.

»Wir brauchen jetzt eine Nothaltebucht«, sagte Berti entschlossen. Vor uns tauchte ein Schild auf, das auf eine Baustelle hinwies. Berti seufzte und murmelte nur: »Blöde Baustelle. Wir brauchen eine Nothaltebucht.«

Berti hatte recht. Wenn eine Nothaltebucht schon Nothaltebucht heißt, dann sollte man sie auch finden, wenn man in Not ist. Und ich war in Not!

»Was wäre die Welt ohne eine Nothaltebucht?«, schrie Berti plötzlich. »Ein Platz ohne Rast. Ein Hetzen und Flüchten, ein Hin und Her.« Ich schaute Berti an. Er war total überdreht. Wir mussten unbedingt eine Nothaltebucht finden. Auch seinetwegen.

In Kapitel 10

wird erzählt, warum die zwei Gauner bei der Verfolgungsjagd fast taub werden, wie zwei Marktkauftüten den Besitzer wechseln und dass Sonnenblumenkerne keine Euros sind.

Auto-Meier und Brat-Kurt rasten am frühen Morgen über die Autobahn Richtung Hannover. »Die können noch nicht weit sein«, sagte Auto-Meier, um sich Mut zu machen. Der geklaute BMW fuhr sehr schnell. Wenn Auto-Meier freie Bahn hatte, konnte er mit 250 Stundenkilometern über die Straßen donnern. »Fahr nicht so schnell!«, schrie Brat-Kurt, »sonst passiert noch was!«

Auto-Meier trat auf das Gaspedal, als wolle er einen Rekord brechen. Wer ihm nicht Platz machte, den drängelte er zur Seite. Er blinkte und hupte und bewegte sich auf allen Spuren, wie es ihm gerade nützte. Brat-Kurt durchwühlte das Fach unter dem Armaturenbrett. Er entdeckte einen Rezeptblock und Visitenkarten.

»Der ... der ... der Wagen gehört einem gewissen Doktor Kapuze«, stammelte er. »Dann ist der weiße Kittel ein Arztkittel«, sagte Auto-Meier und zeigte auf das weiße Teil, das hinten auf einem Bügel vor einem Seitenfenster baumelte. Die Autobahn füllte sich immer mehr. Der Berufsverkehr begann. Auch wenn Auto-Meier wie ein Wahnsinniger fuhr, so kam er jetzt nicht schneller vorwärts als die anderen.

»Ich halte es nicht aus«, schimpfte er und schlug auf das Lenkrad ein. »Wir müssen sie abpassen, bevor sie an die Tüten gehen! Wer weiß, vielleicht will ja jemand zwischendurch im Auto ein Würstchen essen, dann haben wir den Salat.«

Brat-Kurt fand unter seinem Sitz eine Sirene, wie sie Ärzte manchmal aufs Autodach stellen, wenn sie zu einem Notfall gerufen werden. Er nahm sie in die Hand und stellte sie an. Es kam ein so ohrenbetäubendes Gekreische aus der Sirene, dass Auto-Meier vor Schreck beinahe auf ein anderes Auto gefahren wäre.

»Mach das Ding aus!«, schrie er. Brat-Kurt stellte die Notsirene aus. Im Wagen war es still. »Ich … ich … ich höre nichts mehr«, schrie Brat-Kurt. »Ich habe auch gar nichts gesagt«, schrie Auto-Meier zurück. Die beiden waren fast taub. Sie schüttelten die Köpfe, um sich von dem Druck auf den Ohren zu befreien. Da kam Auto-Meier eine Idee.

»Dies ist ein Notfall«, sagte er und öffnete mit einem Knopfdruck das Fenster der Beifahrertür. Brat-Kurt hatte verstanden. Er klemmte die Notsirene auf das Dach und schaltete sie ein. »Lalalü, lalalü«, versuchte er den Ton der Notsirene mitzukreischen.

Sofort versuchten alle Autobahnbenutzer Platz zu schaffen und fuhren rechts auf die Seitenstreifen. Ruckzuck hatten sie eine Gasse gebildet und ließen den BMW durch. Brat-Kurt deutete verblüfft auf die freie Straße. Das brauchte er Auto-Meier nicht zweimal zu zeigen. Sofort stieg der auf das Gaspedal und holte aus dem Wagen raus, was drinsteckte. Ehe sie sich‘s versahen, waren sie hinter Hannover. Sie fuhren so schnell wie Rennfahrer und genossen es, wenn die Autos vor ihrer Sirene an die Seite flüchteten. Brat-Kurt starrte gebannt auf die Autoschlangen links und rechts von ihnen, um sofort den alten Schrott-VW mit der schwarzen Heckklappe entdecken zu können.

An jedem Rastplatz fuhren sie langsamer und hielten Ausschau. Und da hatten sie endlich Glück. Brat-Kurt schrie: »Mo … Mo … Moment, da steht der Schrottwagen. Wir haben sie.«

Brat-Kurt holte die Notsirene herein und machte sie aus. Auto-Meier fuhr dicht an dem Schrottauto vorbei. Er war einen Blick in den Bulli. Zwei Marktkauftüten standen hinter dem Beifahrersitz und warteten nur darauf, von ihnen abgeholt zu werden. Es dauerte nicht lange, da kam das Mädchen mit dem rothaarigen Riesen und dem traurigen Mann aus dem Rasthof. Sie stiegen ins Auto und fuhren los. Die Verfolgung konnte beginnen. Auto-Meier rieb sich die Hände und fuhr hinter dem Trio her. Wie erstaunt war er nur, als die drei die Autobahn verließen, und noch mehr, als sie sich bald wieder in die Gegenrichtung einordneten.

»Die sind verrückt«, sagte Auto-Meier. »Die fahren wieder zurück.« Brat-Kurt hatte inzwischen Doktor Kapuzes Arztkoffer entdeckt und schob Auto-Meier ein Holzstäbchen in den Mund. »Machen Sie mal ›A‹«, gluckste er. Auto-Meier hustete und schob Brat-Kurt energisch von sich. »Ist bei dir noch alles in Ordnung?«, röchelte er. »Mach das nicht noch mal.«

Dann fuhren sie kreuz und quer. Einmal verließ der rothaarige Riese mit seinem Auto die Autobahn, dann fuhr er wieder drauf. Dazwischen ging es über Bundesstraßen und Landstraßen und sie verloren völlig die Orientierung. Einmal war der Schrottwagen verschwunden, aber bald sahen sie ihn auf einem Supermarktparkplatz stehen, und sie brauchten nur zu warten, bis er sich wieder in den Verkehr einfädelte. Und einmal meinte Auto-Meier, dass das Mädchen im Schrott-VW ihnen zugewinkt hätte, aber sicher war er sich nicht.

»Was hat der vor?«, fragte Auto-Meier. »Man könnte denken, er hat uns entdeckt und will uns in die Irre führen.« Brat-Kurt hielt sich das Stethoskop von Doktor Kapuze an die Brust und hörte seinem Herzen zu. Poch, poch, poch, poch ließ das Instrument seinen Herzschlag klingen.

»Hörst du das?«, fragte er begeistert, »das ist mein Herz … Herz ... Herzschlag.« Noch ehe sich Auto-Meier wehren konnte, hatte Brat-Kurt ihm den Lauscher auch an die Stelle gedrückt, wo sein Herz sein musste. Beide lauschten, hörten aber nichts. »Du hast kein Herz«, sagte Brat-Kurt. »Kann … kann das denn sein?«

Sie fuhren weiter. Es wurde heiß, der Wagen von Doktor Kapuze zeigte an, dass draußen eine Temperatur von 28 Grad herrschte. Zum Glück hatten sie Aircondition und fühlten sich wie im Eisschrank eines Kühlschrankes.

»So stelle ich es mir in Tahiti vor«, sagte Brat-Kurt und säuberte mit einem Q-Tip seine Ohren.

Endlich fuhren der rothaarige Riese und seine beiden Mitreisenden eine Nothaltebucht an. Die beiden Gauner reagierten sofort. Auto-Meier riss das Lenkrad herum und folgte ihnen auf den Parkplatz. Sie hielten mit gebührendem Abstand an. Auto-Meier sah, wie sich das Mädchen und der rothaarige Riese von dem Auto in die Büsche entfernten. Er hatte eine Idee. Er griff nach Doktor Kapuzes weißem Arztkittel und stieg aus dem Wagen.

»Wa ... wa ... was hast du vor?«, fragte Brat-Kurt aufgeregt. Auto-Meier lachte. »Vielleicht habe ich kein Herz«, sagte er, »aber dafür habe ich Köpfchen.« »O ... o ... okay, Doktor Auto-Meier«, flüsterte Brat-Kurt.

Auto-Meier ging zum Auto des rothaarigen Riesen, in dem sich nur noch der traurige Mann befand. Auto-Meier öffnete die Heckklappe und grüßte. »Guten Tag, guter Mann«, sagte er und versuchte zu lächeln. Der traurige Mann verbeugte sich. »Ein Arzt am Ende der Welt«, sagte er.

Auto-Meier sah die beiden Marktkauftüten. Nun musste es klappen. Er musste sie in seinen Besitz bekommen, koste es, was es wolle. »Ich brauche Ihre beiden Marktkauftüten«, sagte er. Der traurige Mann schien von diesem Wunsch nicht überrascht zu sein. Er schaute auf die beiden Tüten, als sähe er sie zum ersten Mal.

»Wir sammeln für ein Kinderheim«, sagte Auto-Meier. »Wir können jede Hilfe gebrauchen.« »Wo sind wir denn?«, fragte der traurige Mann. »Wie meinen Sie das?«, fragte Auto-Meier verwirrt. Der traurige Mann schob die beiden Marktkauftüten nach draußen, wo sie Auto-Meier begierig in Empfang nahm. »Ich meine«, sagte der traurige Mann, »wie weit ist es bis nach Hause?«

Auto-Meier drückte die Tüten an sich. »Ich schätze, dass Sie in drei bis vier Stunden wieder zu Hause sind«, sagte Auto-Meier. Er musste sich beeilen. Der rothaarige Riese und das Mädchen würden nicht ewig weg sein. »Machen Sie es gut«, sagte der traurige Mann, als könne er Gedanken lesen.

Auto-Meier ging zu Doktor Kapuzes Auto. Bloß nicht rennen, dachte er, nur kein Aufsehen erregen. Er stieg in den Wagen und blinzelte Brat-Kurt zu, der freudestrahlend die Tüten in Empfang nahm. Sie verließen sofort die Nothaltebucht und ordneten sich in den laufenden Verkehr ein.

»Wir ... wir ... wir sind reich«, sagte Brat-Kurt. »Ich habe ihm erzählt, dass wir für ein Kinderheim sammeln«, sagte Auto-Meier stolz. »Du … du … du hast wirklich kein Herz«, sagte Brat-Kurt und klopfte Auto-Meier anerkennend auf die Schulter. Kurz hinter Bielefeld schaute Brat-Kurt in die Tüten. Er wollte seine Hände im Geld baden und die Scheine im Fahrtwind über Auto-Meiers Kopf fliegen lassen. Gierig griff er mit beiden Händen hinein und holte anstatt des Geldes zwei Tüten Chips hervor. »Verdammt!«, schrie Brat-Kurt. Auto-Meier wurde blass. »Was ist, verdammt?«, schrie er.

Brat-Kurt riss die Tüten auf und ließ den Inhalt auf den Boden regnen. »Das sind nur ganz normale Chips!«, schrie Brat-Kurt und trat die Päckchen platt. Auto-Meier starrte in die aufgerissenen Marktkauftüten und auf deren Inhalt: Chips-Tüten, Sonnenblumensamen, Süßigkeiten. Er schloss die Augen und schaute noch mal in die Tüten und trotzdem sah er wieder nur Chips, Sonnenblumensamen und Süßigkeiten.

»So ein Mist!«, fluchte Auto-Meier und schlug wütend auf das Lenkrad ein. Dann schrie er: »Nein, nein, nein, das darf nicht sein. Hat sich denn alles Glück der Erde von uns abgewandt? Sind wir Ausgestoßene? Liebt Gott nur die Gerechten?« Aber er fuhr weiter - und dachte nach. Jetzt wollte er nicht aufgeben. Er nahm die Abfahrt nach Atteln. Auf einem Feldweg in der Nähe des Ortes streuten sie die Sonnenblumen links und recht des Weges aus. Die Chips und die Süßigkeiten hatte Brat-Kurt schon in einem Hunger- und Wutanfall verputzt.

»So langsam werde ich richtig sauer«, flüsterte Auto-Meier. »Wenn wir morgen nicht an das Geld kommen, werde ich richtig sauer.« »Morgen wird alles besser«, sagte Brat-Kurt. Er hatte höllischen Durst. »Morgen kann nur alles besser werden«, sagte Auto-Meier. »Diese Dumpfbacken haben bestimmt noch nicht das Geld im Kofferraum bemerkt, sonst würden sie sich ganz anders benehmen.«

Auto-Meier knackte sich die Finger aus und nickte. Beide dachten, es könne am nächsten Tag nur besser werden, aber erstens kommt es anders und zweitens schlimmer, als man denkt.

In Kapitel 11

wird erzählt, was es mit einer Fata Morgana auf sich hat, warum Bert wie ein Giftzwerg schimpft und wieso es Sachen gibt, die es gar nicht gibt

Wir suchten also eine Nothaltebucht. Ich musste unbedingt auf die Toilette oder wenigstens einen Busch finden, hinter dem ich mich verstecken konnte. Berti würde es auch mal gut tun zu rasten, um nicht die ganze Zeit auf die blöde Straße starren zu müssen. Berti erzählte alles Mögliche, während er fuhr, und ich tat so, als würde ich ihm zuhören. Er erzählte gerade von den Sternen und roch danach. Ich meine, wie riecht ein Stern? Ich habe dabei immer den Geruch von Vanille in der Nase. Berti roch also wie ein Stern und fing an zu leuchten. So konnte er auch sein! Er erzählte und quatschte herum. Er kam von Hölzchen auf Stöckchen. Ich war nur froh, dass er beschäftigt war und wach blieb. Dann erzählte Berti, dass man bei großer Hitze manchmal etwas sah, was dann gar nicht da ist, eine Fata Morgana. Ich schaute nach hinten und sah dort immer noch das Auto mit dem Paderborner Kennzeichen, das an uns klebte wie ein Kaugummi.

»Ist es möglich, dass auch mehrere bei großer Hitze etwas sehen, was dann gar nicht da ist?«, fragte ich Berti. »Natürlich«, sagte Berti und erzählte wieder mehr von diesen Erscheinungen, als ich hören wollte. Mich beschäftigte, dass wir seit Stunden mit unserem Verfolger durch die Hitze fuhren. Wenn ich einen Grund gewusst hätte, warum jemand uns verfolgen sollte, hätte ich es wahrscheinlich mit der Angst bekommen. So musste alles ein unglaublicher Zufall sein, eine Fata Morgana.

Plötzlich schrie Berti: »Drensteinfurt, oh Gott, da ist Drensteinfurt!«, als würde er sich dort auskennen. Er schaute mich an, als wäre Drensteinfurt keine Fata Morgana sondern so echt wie er und ich. Was hatte denn Berti mit Drensteinfurt zu tun oder war er einfach nur müde und ratlos? Er saß hinter dem Steuer wie ein Geist. Dauernd schob er sich die roten Haare aus dem Gesicht, obwohl er gar keine roten Haare im Gesicht hatte und blinzelte müde mit den Augen. Es wurde Zeit, dass wir für ihn einen

Platz zum Rauchen fanden. Natürlich rauchte Berti eigentlich nicht mehr, aber wenn jemand, der eigentlich nicht rauchte, eine Zigarette brauchte, dann mein Bruder.

»Hilf mir«, sagte ich zu ihm. »Mir würde schon ein stinknormaler Halt reichen, damit ich Pipi machen kann.« Berti hustete. »Dafür braucht man eine Nothaltebucht«, sagte er. »Wenn nichts mehr geht, braucht man sie, gerade, wenn man seine Notdurft verrichten will«, erzählte Berti wieder so, als hätte er das nicht schon hundertmal erzählt.

Ich hatte mal neben einer Nothaltebucht einen Drachen steigen lassen. Wir waren auf Klassenfahrt gewesen, unser Bus hatte eine Panne, und der Busfahrer musste einen Reifen wechseln. An die Nothaltebucht grenzte eine Wiese, und unsere Lehrerinnen wollten, dass wir uns bewegten. Ich weiß noch, dass Niggi den Drachen hielt und ich mit der Leine loslief, bis der Drachen am Himmel stand und tanzte. Ich erinnerte mich daran, wie Niggi lachte und immer unter dem Drachen herumhüpfte, als wäre der Himmelsstürmer aus Fleisch und Blut.

Berti zeigte mir seinen Ringfinger und holte mich aus meinen Gedanken. »Ich habe mal in einer Nothaltebucht einen Ring verloren. Ich habe vier Stunden gesucht und den Ring trotzdem nicht wiedergefunden.« Wir fuhren durch die Hitze. Die Sonne blendete uns. Ich sah nach vorn, ich suchte eine Möglichkeit zum Pipimachen.

»Ich komme nur darauf, weil diese Nothaltebucht hier in der Nähe war«, sagte Berti und wies auf eine Burg, die an einem Hügel klebte. Tatsächlich, Berti schien sich auszukennen, und endlich hatten wir Glück. Vor uns lag eine Nothaltebucht. Es war schon fast ein Parkplatz, weil sogar eine Bank zur Rast einlud. Berti fuhr hinein und hielt an. Natürlich folgte uns das Paderborner Auto und hielt in gebührendem Abstand. Ich schüttelte den Kopf. Berti war völlig durcheinander. Er starrte auf die Frontscheibe und wollte von innen die Insekten abkratzen, die außen auf der Scheibe klebten. Er machte dann seine Scheibenwischerwaschanlage an, aber die Wischer schabten nur über die mit Insekten verschmierte Scheibe, und aus den Düsen kam kein Wasser. Ich wurde ungeduldig.

»Berti!«, schrie ich. »Denkst du vielleicht auch mal an mich?«

Er ließ mich aus dem Auto. Ich lief auf den Grünstreifen, setzte mich hinter einen Busch und schaute mich um, ob mich auch niemand dabei sah. Irgendwo knackte es im Gebüsch, das musste Berti sein. Wahrscheinlich vertrat er sich die Beine oder lief vor einer Wespe davon. Da hockte ich nun und träumte vor mich hin. Ich schaute zu der Bank, die neben einem Mülleimer stand und unter deren linkem hinteren Bein ein kleines Mauseloch war. Das Bein ragte über das Mauseloch wie der überdachte Eingang einer Kellerwohnung. Ich stand auf und ging zur Bank. Ich hatte dort in der Abendsonne etwas blinken sehen. Ich griff vorsichtig in das Mauseloch und zog einen Ring heraus.

»Berti, Berti«, flüsterte ich. »Komm mal!«

Er stand schon wieder an der Autoscheibe und versuchte, mit einem Schaber die Insekten abzukratzen. Er hatte trotz der Hitze seine Lederjacke angezogen, als wollte er vor den Mücken ein bisschen angeben.

»Berti«, rief ich noch einmal. Er kam mit dem Schaber zu mir, als wäre auch ich ein abzukratzendes Insekt.

Ich hielt ihm den Ring unter die Nase. Berti schloss die Augen und öffnete sie so lange nicht, dass ich dachte, er wäre in der Zwischenzeit eingeschlafen. Dabei wollte er wohl nur ganz sicher sein, dass er nicht träumte. Ich schwenkte den Ring vor seiner Nase hin und her, als wollte ich ihn hypnotisieren.

»Ich glaub, ich träume«, sagte Berti und nahm den Ring an sich. Er versuchte, den Ring über seinen Finger zu bekommen, aber der Ring war nicht aus Gummi, und so ging er nur über die Kuppe und blieb dann stecken wie ein Heiligenschein. Berti fischte ihn mit dem Mund wieder ab und zog ihn dann auf seine Halskette, an der schon ein Ring hing, der genauso aussah wie mein gefundener. Berti hielt mir die Kette entgegen und ließ die beiden Ringe vor meinen Augen baumeln. Ich konnte darauf zwei Buchstaben erkennen: ein »I« und ein »A«.

Plötzlich stieg Papa aus dem Auto und schaute uns an. »Wir müssen weiterfahren«, sagte er.

Berti ließ die Kette wieder unter seinem Hemd verschwinden. »Diese

Ringe haben ihre eigene Geschichte«, sagte Berti, erzählte sie aber nicht.

»Ich weiß nun, wo wir sind«, sagte Papa plötzlich zu Berti. »Bestimmt?«, fragte ich zweifelnd. »In drei Stunden sind wir wieder in Atteln«, sagte Papa. »Woher weißt du das?«, fragte Berti skeptisch.

Papa zeigte in Richtung des BMW, in den gerade ein Mann mit einem weißen Kittel einstieg. Ich sah, dass er zwei Marktkauftüten in der Hand hatte, die er an seinen Mitfahrer weiterreichte. Waren das unsere Marktkauftüten? Ich schüttelte den Kopf. Wer sollte scharf auf unsere Marktkauftüten sein? Wer hatte Hunger auf Bertis Chips? Oder auf die Würstchen? Das konnte nur eine Fata Morgana sein. Das Auto fuhr an uns vorbei, aber ich konnte niemanden erkennen. Papa riss mich aus meinen Gedanken.

»Lasst uns nach Hause fahren«, bat er.

Wir liefen zu unserem Auto und Papa wollte vorne sitzen. Mir war es recht, hinten zu sein. Ich rollte den Schlafsack zum Kopfkissen und legte mich darauf. Es ging los. Wir fädelten uns in den Verkehr ein. Ich hörte noch, dass Papa wieder das Autoradio anmachte, dann schloss ich die Augen. Ich dachte an Bertis zwei Ringe und dass ich endlich wissen wollte, was Berti aus Atteln vertrieben hatte. Ich schaute nach dem Auto mit dem Paderborner Kennzeichen, aber es war verschwunden. Fast war ich beruhigt. War das doch eine Fata Morgana gewesen? Sachen gibt's, die gibt's gar nicht, dachte ich noch. Dann schlief ich ein. Ich wurde kurz wach, als Berti seinen Reiseproviant suchte, seine Chips, seine Sonnenblumenkerne und seine Süßigkeiten. Alles war weg. Waren wir in der Nothaltebucht doch ausgeraubt worden? »Der Mann war Arzt«, sagte Papa. »Er sammelte für arme Kinder.«

Berti schimpfte wie ein Rohrspatz. »Du kannst doch nicht meine Chips abgeben!«, schrie er, »Ich bin doch auch ein armes Kind.«

Ich schüttelte den Kopf. Die ganze Sache wurde immer geheimnisvoller. Irgendetwas war im Gange. Es konnte sein, dass wir alle sehr aufpassen mussten. Ich schlief wieder ein und öffnete erst die Augen, als wir in Atteln vor unserem Haus standen und es bereits dunkel war.

In Kapitel 12

wird erzählt, warum ein Mann namens Leise von einem Hund gebissen wird, wieso Polizistin Frau Niggemeier zum Sturm auf den Geräteschuppen bläst und wie es kommt, dass sich zwei Dirndl-Frauen aus dem Staub machen.

Auch Brat-Kurt und Auto-Meier waren inzwischen wieder in Atteln gelandet und hatten den Wagen des Arztes dort geparkt, wo sie ihn zuvor geklaut hatten. Es war spät geworden, und sie mussten nicht lange warten, bis der Gasthof Scholz schloss und sie sich wieder in ihrem Geräteschuppen verstecken konnten. Sie waren müde und enttäuscht. Brat-Kurt hatte Durst. Auto-Meier legte sich sofort hin und schloss die Augen.

»Ich hasse dieses Kaff«, murmelte er. »Ich will hier weg.« »Wir machen das schon«, flüsterte Brat-Kurt und drückte Auto-Meier die Hand.

Auto-Meier stieß seine Hand weg und schrie: »Du brauchst mich nicht zu trösten. Alles, was du anpackst, endet in einer Katastrophe. Ich hasse dich!« Brat-Kurt zuckte zusammen. »Morgen holen wir uns die Moneten«, sagte er beschwichtigend. »Es ... es wird noch alles gut.« Auto-Meier lachte kurz auf und sagte nichts mehr. »Schnapp, schnapp«, sagte Brat-Kurt.

»Ich bin nicht eingeschnappt«, schrie Auto-Meier. »Ich verfluche nur den Tag, an dem ich diesen vermaledeiten Ort kennenlernen musste. Morgen wird hier aufgeräumt, dann sprühen endlich die Funken. Ich lasse mich doch nicht von diesen Provinzlern an der Nase herumführen.« »Schnapp, schnapp«, sagte Brat-Kurt noch mal und Auto-Meier war wirklich eingeschnappt.

Dann waren sie still. Irgendwann war Auto-Meier eingeschlafen.

Brat-Kurt lag mit offenen Augen in der Hütte und dachte an Tahiti. Dort würde er den ganzen Tag am Strand liegen und Cocktails trinken. Brat-Kurt hatte immer noch Durst. Er hätte nicht so viele Chips essen sollen. Er überlegte, woher er etwas zu trinken besorgen könnte. Er dachte an den Gasthof Scholz und dass man dort so viel trinken konnte, wie man wollte. Er war noch dabei zu überlegen, ob er dem Gasthof Scholz einen Besuch abstatten sollte, als er sich schon vor dessen Tür wiederfand. Das war ein Wink.

Brat-Kurt öffnete die Tür, so leise er konnte. Er musste dazu zwar eine Scheibe einschlagen, aber er hatte den Eindruck, dass niemand durch das Klirren der Scherben wach geworden war. Hinter der Tür lag ein Läufer und fing die Glassplitter sanft auf. Geschickt schlich er in den Thekenraum. Es war ziemlich dunkel, und Brat-Kurt musste höllisch aufpassen, um nichts umzureißen. Er tastete sich elegant an der Theke entlang, als er plötzlich den Gong mitriss. Es war der Gong, mit dem Frau Scholz immer die letzte Runde einläutete. Der Gong flog in hohem Bogen von der Theke und wäre mit einem Riesenknall auf dem Boden aufgeprallt, wenn ihn Brat-Kurt nicht in einer reflexartigen Bewegung aufgefangen hätte. Brat-Kurt war stolz auf sich. Gelernt war doch gelernt. Brat-Kurt fühlte sich wie ein Meisterdieb, wie ein mit allen Wassern gewaschener Profi. Er fühlte sich wie ein Held. Er wollte gerade den Gong auf einen kleinen Beistelltisch legen, als dieser laut bellend hinter ihm herlief. Mist, er hatte den Hund vergessen. Im Dunkeln hatte dieser Hund wie ein Beistelltisch ausgesehen. Brat-Kurt ließ den Gong los, der sich am Halsband des Hundes verhakt hatte und versteckte sich so schnell er konnte im Garderobenschrank. Der Hund sprang mit dem Gong auf und ab und veranstaltete einen Heidenlärm. Plötzlich stand Frau Scholz im Nachthemd und mit Taschenlampe im Thekenraum und schimpfte mit dem Hund. »Mach hier nicht so einen Krach«, flüsterte sie. „»Was rennst du mit dem Gong herum.«

Endlich ging sie wieder ins Bett.

Nun war der Weg frei und Brat-Kurt schlich sich leise hinter die Theke. Er fühlte etwas Nasses an der Hand, bis er merkte, dass der Hund an ihm schnupperte. Brat-Kurt hätte am liebsten vor Angst gepfiffen, wenn das nicht zu laut gewesen wäre. Schnell schnappte er sich aus dem Kühlfach eine Kiste Limonade und zerrte auf der Flucht den Hund mit, der sich inzwischen laut knurrend in sein rechtes Hosenbein verbissen hatte.

Brat-Kurt lief. Er lief so schnell er konnte zurück zum Schuppen, und es gelang ihm, dem Hund direkt vor der Tür sein Hosenbein zu entreißen und sich in das Versteck zu flüchten. Schnell schob er die Tür zu. Der Hund blieb vor dem Schuppen stehen und bellte. Er bellte und bellte. Schließlich öffnete sich im Gasthof ein Fenster und Frau Scholz schrie: »Waldi, kommst du wohl hierher. Du machst ja alle wach mit deiner Bellerei.« Brat-Kurt wartete noch, bis sich der Hund jaulend in den Gasthof zurückzog, dann stellte er die Limonadenkiste ab. Brat-Kurt war durstig. Er trank zwei Flaschen hintereinander und legte sich dann zufrieden neben Auto-Meier. Leise ist mein zweiter Vorname, dachte Brat-Kurt und schlief ein.

»Hier spricht die Polizei!«, schrie plötzlich jemand. »Kommen Sie sofort mit erhobenen Händen heraus. Jeder Widerstand ist zwecklos!«

Brat-Kurt schreckte aus seinem Traum. Neben ihm lag Auto-Meier und schlief wie ein Baby. Er konnte so süß aussehen, wenn er schlief. Und das schon in der Frühe, dachte Brat-Kurt. Er erhob sich und schob mit dem Fuß die Tür ein Stück auf. Was war das? Durch den kleinen Schlitz sah er eine Polizistin, die ein Megafon an ihren Mund hielt und mit weit aufgerissenen Augen auf den Schuppen von Frau Scholz starrte. Brat-Kurt schüttelte Auto-Meier, der sofort nach seiner Pistole griff und heftige Grimassen schnitt, um wach zu werden. »Im ... im ... immer mit der Ruhe«, flüsterte Brat-Kurt und steckte seinen kleinen Finger in den Lauf von Auto-Meiers Pistole.

»Was ist los?«, fragte Auto-Meier kratzbürstig. »Da ... da ... da steht 'ne Tussi von der Polizei«, flüsterte Brat-Kurt aufgeregt. »Von der Polizei?«, fragte Auto-Meier unnötigerweise nach. »Nein, von der Post«, sagte Brat-Kurt und schüttelte verständnislos den Kopf. »Wie sind die uns auf die Schliche gekommen?«, fragte Auto-Meier, reckte sich und stand vorsichtig auf. Brat-Kurt hatte immer noch seinen kleinen Finger im Lauf der Pistole und bekam ihn nicht heraus.

»Es ist gerade Acht«, sagte Auto-Meier, »sie hätten uns ein wenig länger schlafen lassen können.« »Ich lasse Ihnen eine Viertelstunde Zeit«, schrie die Polizistin, »dann stürmen wir den Geräteschuppen« Auto-Meier dachte an den Jungen mit dem roten Porsche. »Dieser Drecksjunge hat nicht gelogen«, flüsterte er, »die Polizistin wird seine Mutter sein.« Brat-Kurt erinnerte sich. Da war dieser Junge gewesen, den alle Niggi nannten, er hatte ihnen mit seiner Mutter gedroht.

Im Geräteschuppen war es dunkel. Wenn Brat-Kurt nicht die Tür einen kleinen Schlitz weit geöffnet hätte, wäre Auto-Meier über die Limonadenkiste gestolpert. »Wie kommt die Kiste mit dem Zuckerzeug hierher?«, fragte Auto-Meier. »Ich wüsste nur zu gerne, wie die uns auf die Schliche kommen konnten.«

Brat-Kurt dachte nach. Er versuchte, seinen Finger aus dem Revolverlauf zu bekommen. Er stützte sich an Auto-Meiers Schulter ab und zog so lange, bis er seinen Finger mit einem »Plopp« aus dem Lauf bekam und nach hinten überkippte. Da fiel ihm wieder sein nächtlicher Besuch im Gasthof Scholz ein. Er dachte an die kaputte Scheibe, den lauten Gong, den bellenden Hund, die schimpfende Frau Scholz und wie leise er gewesen war.

»Keine Ahnung«, flüsterte er und stand auf, »wie die uns auf die Schliche kommen konnten.« Auto-Meier schüttelte sich. Er steckte seine Pistole in das Halfter zurück. Die Zeit lief. Er musste einen Plan machen. »Du musst einen Plan machen«, sagte Brat-Kurt, »die Zeit läuft.«

Auto-Meier suchte die Wände nach einem Fenster ab. Einen Geräteschuppen ohne Fensterluke hatte er noch nie gesehen. Endlich ertastete er an der Rückseite eine Holzplatte, die auf die Wand gezimmert war. An den Rändern schimmerte Licht hindurch. Dahinter musste eine Luke sein.

»Gib mir mal eine Flasche Limonade«, sagte Auto-Meier.
»Siehst du«, flüsterte Brat-Kurt, »ist doch gut, dass das Zeug da ist.«

Auto-Meier spülte sich den Mund aus und spuckte auf den Boden. Dann zog er die Sonnenschirmstange aus dem Halter, klemmte sie hinter das aufgenagelte Holz und bog es von der Wand. Licht strömte herein. Leider war das Fenster zu klein, um dadurch zu verschwinden, aber endlich konnten sie im Schuppen was erkennen. In einer Ecke hinter aufgestapelten Gartenstühlen stand ein alter Garderobenständer. An ihm hingen Frauenkleider, Dirndl, und ein paar Strohhüte, die mit Plastiktrauben geschmückt waren.

»Denkst du auch, was ich denke?«, fragte Auto-Meier. Brat-Kurt dachte nach. »Du meinst«, flüsterte er, »dass die hier ein Weinfest gefeiert haben?«

Draußen quietschte ein Megafon, und die aufgeregte Stimme der Polizistin war zu hören: »Männer, mit der Polizei aus Atteln ist nicht zu spaßen. Ich gebe euch noch acht Minuten, dann stürmen wir das Haus.«

Auto-Meier nickte. »Die vermuten hier zwei Männer«, flüsterte er und nahm eines der Frauendirndl von dem Ständer. »Das ... das ... das ist doch nicht dein Ernst?«, fragte Brat-Kurt. Auto-Meier legte seine Pistole ab und fing an, sich auszuziehen. »Willst du im Gefängnis landen oder willst du lieber nach Tahiti?«, fragte Auto-Meier und stieg in den Rock. »Oh, oh, oh«, flüsterte Brat-Kurt, »der Rock steht dir wirklich gut.« Auto-Meier schüttelte den Kopf und fauchte mit gequetschter Stimme: »Quatsch keine Opern, such dir einen Fummel aus.«

Draußen vor dem Gartenhaus stand in sicherer Entfernung die Polizistin Frau Niggemeier mit Frau Scholz und zwei anderen Polizistinnen und blickte aufgeregt auf die spaltbreit geöffnete Tür des Geräteschuppens. Brat-Kurt lehnte sich dicht an die Tür, um jedes Wort mitbekommen zu können. Zum Glück hatte er Ohren wie ein Luchs, er konnte sogar das Gras wachsen hören.

Die Polizistin Frau Niggemeier zog gerade die Nase hoch und fragte: »Sie sind sicher, Frau Scholz, dass sich die beiden Lumpen in dem Schuppen versteckt halten?« »Aber natürlich. Der Hund hat mich doch geweckt. Ich habe dann ganz vorsichtig aus dem Fenster geschaut. Da sind welche drin und haben meine Limonade geklaut«, sagte Frau Scholz. Sie holte tief

Luft. »Mein Waldi hat doch so ein Theater veranstaltet, dass ich dachte, mir fliegen alle Ohren ab« »Ihnen fliegen die Ohren ab?«, fragte die Polizistin nach und wischte sich mit einem Taschentuch den Schweiß von der Stirn. »Ja, so spricht man doch bei der Polizei oder nicht?« »Wir sind nicht in einem Fernsehkrimi, Frau Scholz«, sagte die Polizistin Frau Niggemeier. »Wir haben hier alle eine Heidenangst und hoffen, dass wir uns nicht vor Schreck in die Hosen machen. Wenn meine Vermutung richtig ist, dann handelt es sich bei den Männern um gefährliche Bankräuber.«

Die Polizistin hob das Megafon an den Mund, überlegte es sich aber noch einmal anders. Sie wandte sich erneut an Frau Scholz. »Haben Sie sehen können, ob die beiden Schurken bewaffnet sind?« Frau Scholz überlegte. Sie zuckte mit den Schultern. »Soweit ich feststellen konnte, hat der eine die Kiste Limonade geklaut. Es war dunkel, da konnte man nicht viel sehen.« Die Polizistin zog wieder die Nase hoch und fragte: »Welcher Idiot bricht nur in ein Haus ein, um eine Kiste Limonade zu stehlen?«

Brat-Kurt war verärgert. Hatte er das richtig verstanden? Hatte die Polizistin ihn einen Idioten genannt? Auto-Meier reichte ihm ein Dirndl herüber. »Zieh dir das an und mach mir die Knöpfe auf dem Rücken zu«, flüsterte er.

Die Polizistin Frau Niggemeier meldete sich wieder zu Wort. »Versuchen Sie, sich zu erinnern. Die Bankräuber sind gefährlich. Haben Sie also irgendwelche Waffen entdeckt oder nicht?« »Nein«, sagte Frau Scholz, »ich habe davon nichts bemerkt.« Die Polizistin zischte: »Ich möchte nur vermeiden, dass es hier zu einer Katastrophe kommt.« »In Atteln kann ich mir eine Katastrophe nicht vorstellen«, sagte Frau Scholz kleinlaut.

Im Geräteschuppen überlegten Brat-Kurt und Auto-Meier, wohin sie ihre Pistolen stecken sollten. In ihren engen Kleidern konnte man sie nicht verbergen. »Wir müssen sie hierlassen«, sagte Auto-Meier. »So ein Pech«, murmelte Brat-Kurt und legte sein Halfter ab. »Ohne Pistole fühle ich mich, als wäre ich nackt.«

»Das ist eine Katastrophe«, sagte Auto-Meier. »Ohne Pistole sind wir der Welt wehrlos ausgesetzt, aber wir haben keine Wahl.«

Die Polizistin Frau Niggemeier hob in dem Augenblick das Megafon an ihren Mund. Sie schaute auf ihre Uhr, nahm Blickkontakt mit den anderen beiden Polizistinnen auf, die sich hinter einem Container mit Altglas verschanzt hatten, und schrie: »Ich habe euch gewarnt. Dies hier ist eure letzte Chance. Kommt mit erhobenen Händen raus zu uns, sonst kommen wir rein!« Sie wollte gerade den Befehl zum Stürmen geben, als sich die Tür des Geräteschuppens öffnete und zwei Frauen in Dirndlkleidern und mit Weintrauben umkränzten Strohhüten heraustraten.

»Heute sind nur Frauen unterwegs«, sagte Frau Scholz und beobachtete, wie sich die drei Polizistinnen mit gezückten Pistolen auf die beiden Frauen zu bewegten. Allen stand der Schweiß auf der Stirn und das kam nicht nur von der Hitze. Auto-Meier und Brat-Kurt hoben langsam ihre Hände hoch und blieben stehen.

»Wer sind Sie? Was machen Sie da im Geräteschuppen?«, schrie die Polizistin Frau Niggemeier. Die beiden anderen, Frau Ügül und Frau Imbacher, ließen die beiden Dirndl-Frauen nicht aus den Augen.

Die Morgensonne blendete auf einmal mächtig und ließ alles in einem unwirklichen Licht erscheinen. »Nicht schießen«, sagte Auto-Meier mit hoher Stimme. »Es muss sich hier um eine Verwechslung handeln.«
»Wer sind Sie?«, schrie die Polizistin Frau Niggemeier noch einmal. Die Sonne blendete. Sie beschattete die Augen mit der Hand, aber da gab es kaum etwas zu erkennen. Brat-Kurt wusste nicht, was er sagen sollte. Der Hut auf seinem Kopf drückte und das Kleid hing an ihm wie ein Sack. Er streckte sich ein wenig, um wirklich für eine Frau gehalten werden zu können.

»Wir sind Besucherinnen der kleinen Stadt«, sagte Auto-Meier mit hoher Stimme. »Wir haben gehört, dass es hier einen wunderbaren Schuhladen geben soll.« »Das stimmt«, rief Frau Scholz der Polizistin zu. »Die beiden Damen suchen den Schuhladen der Familie Kleine.« »Und ob wir den suchen«, dachte Auto-Meier.

Polizistin Frau Niggemeier kniff die Augen zusammen, zog die Nase hoch und befahl ihren Kolleginnen mit einem Wink, die Waffen wegzustecken. Brat-Kurt und Auto-Meier atmeten erleichtert auf. Ihre Verkleidung war geglückt. Die Röcke waren lang genug, um ihre behaarten Beine zu verdecken. Die Hüte hatten eine große Krempe und verdeckten ihr Gesicht. Mit einem Halstuch konnten sie gut verbergen, dass sie sich nicht rasiert hatten. Nur ihre hässlichen Sandalen passten nicht zu dem Dirndllook, umso überzeugender war es deshalb, dass sie das Schuhhaus Kleine besuchen wollten.

»Wo sind dann nur die zwei Bankräuber geblieben?«, fragte sich Frau Niggemeier laut. »Hier ... hier waren zwei Männer, die ... die ... die sind ganz schnell weggelaufen«, piepste Brat-Kurt aufgeregt und so hoch er konntc.

Frau Scholz beäugte die Dirndl-Frauen misstrauisch.

»Und was suchten Sie, meine Damen, in meinem Geräteschuppen«, fragte sie plötzlich. »Wir… «, überlegte Auto-Meier.

»Wir ... wir ... wir«, stammelte Brat-Kurt weiter. »Wir suchten Sitzkissen«, sagte Auto-Meier. »Wir suchten Sitzkissen für die Verandastühle. Wir wollten bei Ihnen frühstücken.«

Die Polizistinnen atmeten erleichtert auf und waren mit der Erklärung zufrieden. Sie bewegten sich aus der prallen Sonne in den Schatten. Die Dirndl-Frauen kamen ein Stück näher. »Tut mir leid«, sagte Frau Scholz, »aber wir haben heute Ruhetag.«

»Leute«, sagte die Polizistin zu den beiden Mitarbeiterinnen, Frau Ügül und Frau Imbacher, »sucht mal die Gegend ab, vielleicht findet ihr die Bankräuber ja auch in Etteln.«

Die beiden Dirndl-Frauen verabschiedeten sich von Frau Scholz und den Polizistinnen. Die Polizistin Frau Niggemeier zog wieder ihre Nase hoch. »Mein Heuschnupfen bringt mich noch um«, sagte sie.

»Sonderbar«, sagte Frau Scholz und schaute den beiden Dirndl-Frauen nach, die in einigem Abstand an ihnen vorbeigingen und mit holprigen Schritten auf die Hauptstraße traten. Die beiden Mitarbeiterinnen von Frau Niggemeier stiegen ins Polizeiauto, um die Fahndung nach den beiden Männern wieder aufzunehmen.

Brat-Kurt und Auto-Meier gingen um den Gasthof Scholz herum und beobachteten von dort das Geschehen. »Die kriegen uns nicht«, flüsterte Auto-Meier. »War ... war ... warten wir es ab«, sagte Brat-Kurt, leckte sich mit der Zunge über seine beiden Hasenzähnchen und belauschte die Polizistinnen.

»Was ist an Heuschnupfen sonderbar?«, fragte Polizistin Frau Niggemeier. »Heuschnupfen ist nicht sonderbar, aber ich kenne die Dirndl der beiden Frauen«, sagte Frau Scholz. »Sie kennen die Dirndl?«, fragte die Polizistin. »Ja, ich erinnere mich«, sagte Frau Scholz nachdenklich, »meine Bedienungen auf dem Weinfest im letzten Jahr, die haben die gleichen Dirndl getragen.«

Die Polizistin Frau Niggemeier zuckte zusammen, lief zum Holzhaus und kam mit zwei Pistolenhalftern, in denen zwei Pistolen steckten, zwei schwarzen Männerhosen und zwei Marktkauftüten zurück.

»Sie haben uns hereingelegt«, schrie sie. »Das waren gar keine Frauen.« »Die Hitze«, sagte Frau Scholz, »die Hitze macht uns alle kurzsichtig.« »Wenigstens sind sie nun unbewaffnet«, schrie Polizistin Frau Niggemeier. »Wie konnte mir das nur passieren?« »Die Hitze«, sagte Frau Scholz noch mal, »die Hitze macht uns alle kurzsichtig und lässt uns alles zweimal sagen.« »Mist, Mist«, sagte die Polizistin Frau Niggemeier und stürmte zu ihrem Polizeiauto. Brat-Kurt und Auto-Meier sahen zu, dass sie Land gewannen und machten sich aus dem Staub. Und davon gab es in Atteln mehr als genug.

In Kapitel 13

wird erzählt , wieso ein Vater mit Tick kein bisschen peinlich ist, warum Ungeheuer-, Hüpf- und Abenteuerschuhe das Normalste von der Welt sind und warum ein Flugschuh selten allein kommt.

Wir waren wieder in Atteln. Keiner erwähnte unsere erste Flensburg-Reise mit einem Wort.

Papa stand auf dem Balkon, schaute in den Abendhimmel und sagte: »Es sieht nach Gewitter aus«, obwohl es gar nicht nach Gewitter aussah. Während Papa dann in sein Zimmer ging, um nach seinem Schuhkoffer zu sehen, rief ich bei der Klinik in Flensburg an. Ich wollte uns entschuldigen.

»Wann kommt ihr denn?«, fragte die Ärztin. »Wir müssen noch einen Schuhkoffer einpacken«, sagte ich, »dann düsen wir wieder los.« »Wir haben nur am Vormittag Aufnahme«, sagte die Ärztin. »Es reicht also, wenn ihr morgen Früh vorbeikommt.« Berti stand neben mir, stank nach Qualm, aß eine Banane und nickte. »Okay«, sagte ich, »morgen bringen wir unseren Vater vorbei.« »Was für einen geheimnisvollen Schuhkoffer packt ihr denn ein?«, fragte die Ärztin. »Mein Vater liebt Schuhe«, sagte ich. »Ich auch«, sagte die Ärztin und lachte. Wir legten auf.

»Ich liebe auch Schuhe«, sagte Berti und biss von der Banane ab. »Ich liebe Schuhe mehr als Bananen.« »Es ist nur schade, dass man Schuhe nicht essen kann, oder?«, sagte ich. Berti grinste mit offenem Mund und sah ganz furchtbar aus, weil der Mund noch voller Bananenmatsch war.

Papa kam die Treppe heruntergerannt und zog einen Koffer hinter sich her. »Wo sind meine Ungeheuer-Schuhe?«, fragte er verzweifelt.

Armer Papa, dachte ich, Ungeheuer suchen sich immer nur die Schwachen aus.

»Was sind denn Ungeheuer-Schuhe?«, fragte Berti und bohrte in der Nase wie ein Popelmonster. Ich zeigte auf Papas Schuhe und sagte: »Das sind Ungeheuer-Schuhe.«

Papa trug zwei pelzige Schuhe, an denen vorne zwei Augen aufgenäht waren, die beim Gehen hin- und herwackelten. Das Besondere an diesen Schuhen war, dass sie grausige Uaah-Töne von sich gaben, wenn man mit ihnen auf und ab sprang. Mein Papa gab mir einen Kuss.

»Da sind ja meine Ungeheuer-Schuhe«, sagte er und sprang auf und ab. »Uaaah, uaaaah«, machten die Schuhe, als wollten sie uns erschrecken. »Ich möchte auch Ungeheuer-Schuhe haben«, sagte Berti und sprang in seinen Piratenstiefeln mit.

Ich verdrehte nur die Augen und schmierte Butterbrote für die nächste Reise. Okay, wir wollten zwar erst morgen früh aufbrechen, aber ich bin immer froh, wenn von dem, was man zu tun hat, schon einiges abgehakt werden kann. Ich finde es schon anstrengend genug, in einer Familie zu leben, die so ganz anders ist. Das ist manchmal mehr, als man aushalten kann. Früher zum Beispiel habe ich mich oft geschämt, einen Papa zu haben, der Schuhe sammelt. Meine Freundinnen haben zuerst nur mit dem Kopf geschüttelt. Ich habe Papa dann gebeten, doch bitte so zu sein wie andere Väter auch, aber Papa fand, dass er genauso wäre wie andere Väter sind. Und das war, gelinde gesagt, die größte Untertreibung des Jahrhunderts. Irgendwann bemerkte ich dann aber, dass meine Freundinnen mich beneideten. Sie fanden, dass Papa ein cooler Typ sei und nicht so normal wie andere Väter. Dabei war Papa überhaupt kein cooler Typ, sondern sammelte nur sonderbare Schuhe. Und das war für ihn das Normalste von der Welt.

Papa hatte seinen Koffer geöffnet und zog daraus einen schlichten Ruheschuh hervor. Der Ruheschuh war aus dickem schwarzen Leder genäht und hatte überall gelbe Punkte wie ein Käfer.

»Diesen Schuh habe ich selbst entwickelt«, sagte Papa stolz. »Sie heißen Ruheschuhe, weil sie aus so schwerem Leder gearbeitet sind, dass man mit ihnen kaum vorwärts kommt. Man überlegt sich jeden Schritt haargenau und kommt dadurch zur Ruhe.«

Berti staunte Bauklötze.

»Wenn man will, kann man auch anfangen, all die gelben Punkte auf ihnen zu zählen, davon wird man so müde, dass man sofort einschläft« erzählte Papa weiter. »Die will ich auch haben«, rief Berti wie ein Kind »Ich wusste gar nicht, was man mit Schuhen alles machen kann.«

»Man kann mit Schuhen zum Beispiel hüpfen«, sagte Papa ausgelassen und streifte sich seine Hüpfschuhe über. Unter der Sohle waren zwei Federn angebracht, die den Schuhen den richtigen Schwung gaben. Papa sprang im Zimmer auf und ab und war außer Rand und Band. Armer Papa, dachte ich, Doktor Kapuze hatte mich schon gewarnt, dass mein Papa mal himmelhoch jauchzend und dann wieder zu Tode betrübt sein würde. Er war von allem zu viel und seine Fröhlichkeit betrachtete ich mit Sorge. Ich wollte aber kein Spielverderber sein und zeigte Berti die neuesten Agentenschuhe, die mein Vater bei Ebay ersteigert hatte. Mit denen konnte man telefonieren, wenn man einen Absatz abdrehte, in dem eine Tastatur war. Vorne am Schuh konnte man eine spitze Klinge ausfahren, mit der man Fesseln zerschneiden konnte. Berti war schwer beeindruckt. Zumal Papa die Schuhe auch in meiner Größe hatte. Ich zog sie an.

»Ich möchte auch Agentenschuhe haben«, sagte Berti. »Haben, haben, haben«, äffte ich ihn nach. »Du bist zwar kein Kind mehr, aber Agentenschuhe sind wie Waffen und sollten nicht in Kinderhände gelangen.« Ich schnellte mit einem Fuß nach vorne, als wollte ich einen Ball ins Tor knallen, sofort erschien die scharfe Messerklinge aus der Schuhspitze. Berti wollte etwas sagen, war dann aber doch zu beeindruckt davon.

Ich schaute aus dem Fenster und sah dunkle Wolken, die sich vor der Sonne breitmachten. Vielleicht würde es tatsächlich bald regnen. Papa hatte plötzlich einen roten Frauenschuh in der Hand.

»Diesen Trinkschuh habe ich deiner Mutter geschenkt«, flüsterte er. »Sie und ich taten so, als wären wir in Paris, und tranken Sekt daraus.« Wir starrten alle auf den Schuh und mussten an Mama denken. Ich war überrascht, wie zierlich ihre Füße gewesen waren. »Warum habt ihr denn Sekt aus dem Schuh getrunken?«, fragte Berti. Ich schüttelte des Kopf. »Weil das romantisch ist«, sagte ich. Berti überlegte. »Ginge das auch mit Bier?«, fragte er schließlich. Papa und ich schauten uns an, als hätten vir einen Außerirdischen in der Wohnung. »Warst du noch nie verliebt?«, ragte ich Berti und dachte dabei an Papas Bemerkung. »Doch«, wich 3erti aus, »aber das ist etwas anderes. Und aus einem Schuh habe ich leshalb nicht getrunken.« »Wer verliebt ist, der macht so etwas«, sagte ch und sah Berti an. Langsam wurde ich richtig neugierig auf seine Geschichte.

Papa wühlte schon wieder in seinem Schuhkoffer und brachte dann einen Schuh zum Vorschein, dessen Seiten mit zwei kleinen Flügeln geschmückt waren. Der Schuh sah aus, als wäre er aus Watte gemacht. Er atmete erleichtert auf und küsste den Schuh wie ein Baby. »Mein Flugschuh«, flüsterte er dabei. »Was habe ich dich vermisst.« »Was ist denn ein Flugschuh?«, fragte Berti. »Zieh ihn doch mal an«, sagte Papa und zwinkerte mir zu. »Der Flugschuh ist ein Schuh, den man wie eine Manschette über seinen eigenen Schuh ziehen kann.« Berti streifte ihn über, und sofort begann sich der Fuß mit dem Flugschuh auf und ab zu bewegen, als wollte er nach oben. »Sagenhaft«, schrie Berti, »mein Fuß will nach oben und kann fliegen.«

Ich traute dem Braten nicht. Vielleicht half da jemand nach. Es wurde Zeit, dass ich auch mal den Flugschuh ausprobierte, um zu sehen, ob mein Fuß dann auch fliegen wollte. Berti kicherte. »Deswegen heißt er Flugschuh«, sagte Papa zu Berti. Papa war zufrieden. Er packte alle seine Lieblingsschuhe in den Koffer. Berti zog auch seinen Flugschuh aus und ließ ihn in Papas Koffer segeln. »Es ist nur ein Flugschuh«, sagte Papa, »wenn du zwei anhättest, würdest du fortfliegen.« Berti nickte und schaute nach oben in alle vier Ecken des Zimmers, als würde er bei seinem nächsten Rundflug die Spinnweben im Zimmer wegmachen wollen.

»Ich habe den Flugschuh von einem alten Chinesen geschenkt bekommen, der von meiner Schuhsammelleidenschaft erfahren hatte. Er hat extra den weiten Weg von China nach Atteln auf sich genommen, um mir diesen Flugschuh anzuvertrauen.« Berti grunzte vor sich hin, offenbar wusste er nicht, ob er weiterlachen oder staunen sollte. »Und wo ist der zweite Flugschuh?«, fragte er. Papa rief: »Den zweiten Flugschuh suche ich noch. Wenn ich ihn finden würde, dann wäre eine große Geschichte abgeschlossen.«

Papa wollte dann wieder nach Flensburg aufbrechen, aber ich hielt ihn zurück. Es war zu spät geworden für eine lange Reise. Ich erklärte ihm, dass man uns dort erst morgen früh erwarten würde, und es wurde auch Zeit, dass ein wenig Ruhe bei uns einzog.

Ich ging nach draußen vor unser Haus und schaute in den Himmel. Es zogen immer dunklere Wolken auf und kündigten das Gewitter an, das Papa vorausgesagt hatte.

An der Bushaltestelle hing Niggi, der Sohn unserer Polizistin, mit seiner Clique rum. Sie standen dort und ich stand hier und genauso fühlte ich mich auch. Niggi winkte zu mir herüber, aber ich tat so, als würde ich ihn nicht kennen. Ich ging ins Haus zurück und bemerkte, dass Niggi mir nachsah und dabei ganz hilflos wirkte.

In Kapitel 14

wird erzählt, warum Brat-Kurt sich fast wie im Gefängnis fühlt, wie einem Priester im Beichtstuhl beinah die Sprache versagt und zwei Frauen sich verwandeln.

Auto-Meier und Brat-Kurt stolzierten durch den Ort und wussten nicht, wohin sie gehen sollten.

Die Sonne knallte auf die kleine Stadt und beleuchtete alle Ecken und Verstecke. Auto-Meier fühlte sich unwohl in seinem Frauenkostüm und versuchte trotzdem so freundlich zu tun wie er glaubte, dass Frauen wären. »Wenn ich noch weiterhin so gute Laune zeigen muss, dann werde ich stinksauer«, sagte er gequält lächelnd. Brat-Kurt hingegen mochte es, ein Kleid zu tragen und fand es lustig, dass der aufkommende Wind seinen Rock hochhob und ihn an den nackten Beinen kitzelte.

»Ich sehe als Frau schöner aus als du«, sagte er stolz zu Auto-Meier. »Dann lass dich doch umwandeln«, sagte Auto-Meier. »Dann können wir heiraten.« »Hahaha«, sagte Brat-Kurt. »Du bist ja nur neidisch.«

Auto-Meier war wirklich neidisch. Ihm fiel auf, dass manche Männer Brat-Kurt hinterhersahen und nicht ihm. Das störte ihn gewaltig. »Männer sind Idioten«, dachte Auto-Meier.

Sie gingen schnell, ohne zu laufen. Sie wollten nicht auffallen. Auto-Meiers Kleid drückte und zwickte an Bauch und Schultern, und er traute sich kaum zu atmen. Er hatte Angst, es könnte platzen. Er wusste, dass die Polizistin Frau Niggemeier ihnen auf den Fersen war. Sicher hatte sie den Schuppen durchsucht und die Pistolen gefunden. Er wollte schnellstmöglich ein neues Versteck finden, und dann mussten sie beide versuchen, aus diesen Klamotten zu kommen. Auto-Meier schaute in den Himmel, ein Gewitter braute sich zusammen. Er musste sich was einfallen lassen. Plötzlich sah Auto-Meier die offene Tür der Meinolfus-Kirche vor sich. Ein Schild stand vor dem Turm: »Heute Beichte.«

Er zog Brat-Kurt beiseite. »Lass uns in die Kirche gehen«, sagte Auto-

Meier. »Willst du beichten?«, fragte Brat-Kurt verwundert. Auto-Meier lachte. »Quatsch, ich will mich dort verstecken«, flüsterte er.

Sie gingen in die Kirche. Eine Frau verließ gerade den Beichtstuhl und eilte nach draußen. »Dahinter sitzt ein Priester«, flüsterte Auto-Meier und zeigte auf die Tür des Beichtstuhls. Sie sahen, wie ein Mann, der auf einer Kirchenbank kniete, aufstand und sich in die freie Nische des Beichtstuhls begab. Er kniete sich dort hin und zog den Vorhang zu, der ihn vor den Blicken anderer schützte. Auto-Meier und Brat-Kurt setzten sich in eine Bankreihe.

»Wenn ich dort meine Sünden beichten würde«, lachte Auto-Meier, »dann wäre der Pope bis nächste Woche beschäftigt.« Brat-Kurt verstand den Witz nicht, lachte aber trotzdem mit. Am Nebenaltar stand die Figur des heiligen Meinolfus und schaute sie an. Er hatte seine Hände so ausgestreckt, als wollte er damit hinter den Altar weisen, wo sich die Sakristei befand.

»Ich habe eine Idee«, flüsterte Auto-Meier, »du beichtest und ich schaue mich mal um.« »Was soll ich denn beichten?«, fragte Brat-Kurt. Auto-Meier schüttelte den Kopf. »Du wirst doch irgendetwas getan haben, was man beichten kann?«, sagte er.

Der Mann kam aus dem Beichtstuhl wieder heraus und rutschte in ihre Bankreihe, um zu beten. Er war aber so weit entfernt, dass Auto-Meier und Brat-Kurt sich trotzdem leise unterhalten konnten, ohne gehört zu werden.

»Beschäftige ihn einfach«, sagte Auto-Meier, »wenn du nichts zu beichten hast, wer dann?« Sie warteten, bis der Mann seine Gebete gesprochen hatte und gegangen war. Sie waren nun allein in der Kirche. Die Tür des Beichtstuhls öffnete sich und ein Priester mit grauen Haaren schaute heraus. Er blickte auf die Uhr. Auto-Meier erkannte ihn. Es war der Priester, dem sie gestern bei der Beerdigung zugehört hatten.

»Wollen die Damen noch zu mir?«, fragte er sie. Auto-Meier stieß Brat-Kurt an, der eifrig nickte und sich in die offene Nische des Beichtstuhles verzog. Auto-Meier schaute sich um und schlich vorsichtig am heiligen Meinolfus vorbei in die Sakristei.

»Ich ... ich ... ich habe gesündigt«, flüsterte Brat-Kurt mit hoher Stimme. »Dann erzählen Sie mal«, sagte der Priester und hielt sein Ohr an das Gitterfenster, das Sünder und Priester voneinander trennte. Ich fühle mich hier wie im Gefängnis, dachte Brat-Kurt und schnappte nach Luft.

Auto-Meier schaute sich inzwischen in der Sakristei um. Dort roch es nach Weihrauch. Licht fiel durch die bunten Fenster und warf wilde Muster auf die schlichten Fliesen. Auto-Meier öffnete einen Schrank, in dem der Messwein aufbewahrt wurde. Schade, dass ich keinen Wein trinke, dachte er, dann hätte ich noch was zu beichten gehabt.

Er lachte. In allen Schränken steckten Schlüssel. Nichts war abgeschlossen oder durch ein Schloss gesichert. So liebte er es. Er fand einen Schrank mit schwarzen Anzügen und weißen Hemden. Darunter lagen in einer Schublade weiße Priesterkragen, die man sich auf den Hemdkragen stecken konnte. Auto-Meier hatte eine Idee. Wer würde schon von einem Priester etwas Böses denken, geschweige denn von zweien? Er lauschte, schaute sich um und begann, aus seinen Frauenkleidern zu schlüpfen.

Brat-Kurt kniete währenddessen im Beichtstuhl und wusste immer noch nicht, was er sagen sollte. »Ich ... ich ... ich weiß gar nicht, wie ich anfangen soll«, flüsterte er mit hoher Stimme. »Wie wäre es denn mal mit der Wahrheit, meine Dame?«, flüsterte der alte Priester zurück. Brat-Kurt überlegte. Okay, dachte er, wenn er die Wahrheit hören will, dann erzähle ich sie. »Sie ... Sie ... Sie werden es nicht glauben, Hochwürden«, flüsterte Brat-Kurt also, »aber ich habe vor zwei Tagen eine Bank überfallen und bin gerade auf der Flucht.« Der Priester sagte nichts. War er eingeschlafen? Brat-Kurt sprach mit tiefer Stimme weiter: »Ich ... ich ... ich bin auch keine Frau, obwohl ich Frauenkleider trage.« Der alte Priester räusperte sich mehrmals und atmete hörbar tief durch die Nase ein. »Das ist alles wirklich nicht zu glauben«, sagte er nach einer Zeit, »entweder wollen Sie sich nur einen Spaß erlauben, oder wir müssen ernsthaft überlegen, was zu tun ist.« »Sie ... Sie ... Sie brauchen keine Angst zu haben«, flüsterte Brat-Kurt, »wir sind nicht wirklich böse, wir wissen nur nicht, was wir sonst machen sollen.«

Der alte Priester räusperte sich noch einmal, als fiele es ihm schwer, deutlich zu sprechen. »Wie wäre es mit ehrlicher Arbeit?«, sagte er dann schließlich. »Sie sind gut«, sagte Brat-Kurt, »uns will doch keiner.«

Der alte Priester atmete schwer, sagte aber nichts.

»Meinen Sie, mir macht es Spaß, anderen alles wegzunehmen?«, fragte Brat-Kurt durch das Gitter. »Dann bereue«, sagte der alte Priester. »Gib alles, was du gestohlen hast zurück, dann soll dir vergeben werden.« Brat-Kurt traute seinen Ohren nicht. War es so einfach, ein neues Leben zu beginnen? »Gilt das auch für meinen Kumpel?«, fragte er erstaunt.

Genau in diesem Moment riss Auto-Meier den Vorhang der Büßerkabine auf. Brat-Kurt musste zweimal schauen, um seinen Freund zu erkennen. Er sah aus wie ein dicker Priester, der in einem zu engen Anzug hineingepresst worden war. Er hielt Brat-Kurt ebenfalls einen Priesteranzug hin. Mach hier Schluss«, sagte er grinsend. »Wir sind nun selbst Priester. Zieh dich um.«

Brat-Kurt wollte aus dem Beichtstuhl schlüpfen, als ihm noch etwas einfiel. »Hochwürden«, sagte er rasch, »ich möchte noch zwei Dinge beichten. Zum einen den Diebstahl zweier Priesteranzüge und zum zweiten ...« »Bevor wir zum Zweiten kommen«, sagte der alte Priester ganz ruhig, »was macht ihr, wenn ich hier hinausgehe und die Polizei verständige?«

Brat-Kurt stieg aus dem Beichtstuhl, streifte die schwarze Priesterhose über und schob den Riegel der Beichtstuhltür vor. »Das ... das ... das ist ja das Zweite«, sagte er aufgeregt, »ich habe gerade die Tür von Ihrem Beichtstuhl abgeschlossen und bereue es.«

Der alte Priester rüttelte an der Tür seiner Kabine, aber sie war schon abgesperrt. Er hatte wieder den Schlüssel von außen stecken lassen. Nun musste er in der engen Kabine sitzen, bis ihn der Küster befreien würde.

Auto-Meier und Brat-Kurt gingen aus der Kirche. Sie hatten sich in der Sakristei gekämmt und frisch gemacht. Sie sahen wie Priester aus und wollten sich nun mit frischer Energie ihrer Beute in den Marktkauftüten widmen. Draußen begann es zu regnen, aber Auto-Meier hatte in der Sakristei auch einen Regenschirm mitgehen lassen, der sie beide nun beschützen konnte.

»Danke, Gott«, hatte Brat-Kurt beim Verlassen des Gotteshauses geflüstert, und das meinte er ganz im Ernst. Die beiden Gauner bemerkten, wie sich zwei Frauen der Kirche näherten. Sie würden schnell den Priester aus seinem Beichtstuhl befreien.

Die Frauen schauten zum Himmel. Es begann zu donnern. »Ich freue mich auf den Regen«, sagte die eine der Frauen. »Hoffentlich fällt dadurch das Feuerwerk nicht ins Wasser«, sagte die andere. »Welches Feuerwerk?«, fragte die erste. »Na, das der Sparkasse. Das ist doch verschoben worden, wegen des Banküberfalls«, sagte die andere. »Heute Abend wird es nachgeholt.«

Auto-Meier hatte genug gehört. Er wusste, wo er heute Abend den rothaarigen Riesen finden würde. Er wollte nun endlich Nägel mit Köpfen machen. »Gleich wird es hier von Polizei wimmeln. Wir müssen verduften«, sagte er. Brat-Kurt machte einen Furz nach und sagte: »Soviel zum Thema verduften.« Dann machten sich die beiden Gauner vom Acker. Und Acker gab es in Atteln mehr als genug.

In Kapitel 15

wird erzählt, wie ein zerbeultes Auto Kontakt zu Anne sucht, was Niggi schon früher zu Anne sagen wollte und wieso Berti seine Schuhe nicht mehr stoppen kann.

Das Gewitter war schon bald vorüber. Wie ein Kurzbesuch war der Regen auf uns niedergeknallt und hatte sich dann wieder verzogen. Es war schwül. Berti saß im Wohnzimmer mit meinem Papa, der inzwischen wieder alle Schätze aus dem Schuhkoffer vor sich aufgereiht hatte. Der Fernseher lief, und Berti schaute abwechselnd zwischen ihm und Papa hin und hcr.

»Was die immer für einen Quatsch zeigen«, sagte Berti, drehte sich zu mir um und glotzte weiter einen Film, in dem gerade durch eine Explosion alles in die Luft flog.

Ich ging nach unten, schlüpfte in Papas Schlafpantoffeln und stellte mich damit in die Haustür, als erwartete ich Besuch. Ich schaute auf die Schlafpantoffeln herunter, die aussahen wie Murmeltiere und seufzte. Die Straßenlaternen gingen an und versuchten dem Mond Konkurrenz zu machen. Ich blickte in den Himmel und schüttelte den Kopf. Ich hätte gerne gewusst, wo meine Mama nun war, aber ich hatte niemanden, den ich fragen konnte. Ich sah sie neben mir stehen, wie sie mir einen Kakao machte oder wie sie mich überredete, einen Apfel zu essen, damit ich gesund bliebe.

Ich musste plötzlich weinen. Ich wischte mir die Augen und fühlte mich auf einmal ganz alleine. Ich habe immer den Apfel gegessen, und sie war es, die krank wurde. Natürlich wird immer gesagt, dass man sich irgendwann wiedersieht und dass niemand von uns wirklich fort ist, wenn wir ihn nicht vergessen. Aber mir wurde plötzlich klar, dass ich niemanden mehr hatte, der mir Kakao auf den Frühstückstisch stellte oder mich überredete, einen Apfel zu essen. Mir fehlte das, was mich umsorgt hatte. Mir fehlte das, was mich geliebt hatte. Mir fehlte das, was ein Teil von mir gewesen war.

Ein zerbeultes Elektroauto, ein kleiner roter Porsche, fuhr auf mich zu und blieb vor mir stehen.

Ich schaute auf die Hauptstraße. Direkt an der Einmündung unserer Gasse stand Niggi in einem Trainingsanzug, ein Basecap auf dem Kopf und lenkte das Cabriolet wieder zurück in seine Richtung. Zuerst wollte ich in unserem Haus verschwinden, aber ich freute mich, Niggi zu sehen. Der Porsche kam wieder auf mich zugeeiert und stoppte. Auf seinem Minirücksitz lag ein Zettel. »Bist du mir böse?«, stand darauf. Ich blickte zu Niggi herüber und schüttelte den Kopf.

Niggi kam angelaufen. »Hallo, Anne«, sagte er. Wir schauten uns an. Zwei begossene Pudel, die keinen Plan hatten. »Ich wollte den Porsche meines kleinen Bruders ausführen«, sagte er und zeigte auf sein zerbeultes Elektroauto. »Das blöde Auto will nicht so, wie ich es will.« Er hob es hoch und fuhr mit einer Hand über die Reifen. »Hier liefen so komische Typen rum«, sagte Niggi. »Was denn für komische Typen?«, fragte ich.

Niggi ließ mit seiner Fernsteuerung den Motor des Porsche aufheulen. »Die hatten eine Knarre dabei«, sagte er. »Eine Pistole?«, fragte ich. »Was denkst du denn?«, sagte Niggi. »Hast du nichts davon deiner Mutter erzählt?« fragte ich, »Sie ist doch Polizistin.«

Niggi setzte sein Elektroauto zurück auf den Boden und drückte auf die Fernbedienung. Es fuhr wieder. »Ich habe ihr von den beiden komischen Typen erzählt«, sagte er, »aber das mit der Knarre hätte sie mir sowieso nicht geglaubt.«

In dem Augenblick kamen zwei Priester an unserem Haus vorbei und blickten zu Boden. Der große Lange von ihnen sagte: »Gu ... gu ... Guten Abend...« Und der kleine Dicke schaute auf Niggis Elektroauto, als wundere er sich, dass so ein zerbeulter Porsche so schnell herumfahren konnte. Sie gingen in Richtung Feuerwache, und ich wunderte mich darüber, bis ich mich erinnerte, dass dort das Feuerwerk der Sparkasse gezündet werden sollte. Wegen des Überfalls hatte die Sparkasse ja ihr Jubiläumsfeuerwerk auf heute verschoben.

Niggi und ich schauten uns an. Ich wusste, dass er mich etwas fragen wollte, und ich wusste auch, was. Er schien sich gerade ein Herz gefasst zu haben, da schnarchten meine Schlafpantoffeln. Wir lachten. Papas Schlafpantoffeln fangen nämlich von selbst an zu schnarchen, wenn man sie lange nicht bewegt. Papa findet das beruhigend. Ich sprang sofort auf und ab und machte einige Schritte als wollte ich tanzen.

»Mein Bruder wohnt jetzt bei mir«, sagte ich zu Niggi. »Er ist eigentlich mein Halbbruder. Er kann Gerüche annehmen wie Milch.« »Ist er da, weil ...«, fing Niggi seine Frage an. »Ja«, sagte ich, »er passt auf mich auf, wenn Papa zur Kur in Flensburg ist.« »War es schlimm?«, fragte Niggi. »Ja«, sagte ich. »Ich wollte dir schon eher sagen, dass ich ... dass ich...«, stammelte Niggi herum, »aber ich wusste nicht, wie ...« »Ist schon gut«, sagte ich zu ihm. »Ich weiß auch nicht, was man dazu sagen kann.«

Plötzlich ging hinter mir die Tür auf und Berti sprang mit Papas Hüpfschuhen zwischen uns hindurch. »Ich kann die Schuhe nicht mehr stoppen«, rief Berti und sprang die Gasse hinunter. »Halt dich an einer Laterne fest«, rief ich Berti zu. Berti streckte die Arme aus, traute sich aber nicht zu, sich irgendwo festzuklammern. Es war nicht einfach, auf Papas Hüpfschuhen das Gleichgewicht zu halten, und so hüpfte Berti zur Hauptstraße mit weit ausgestreckten Armen, als wollte er jemanden umarmen.

»Das ist ja total verrückt«, murmelte Niggi und nahm mich an der Hand. Wir liefen Berti hinterher. Wir sahen ihn wieder, als er gerade über eine Bank sprang, die auf der kleinen Grünfläche vor der Sparkasse stand. Wind kam auf. Die Fahnen vor dem Gebäude flatterten. »Hüpf in Richtung Feuerwache«, rief ich Berti nach, »da sind Leute, die dich aufhalten können.«

Wir liefen Berti noch ein Stück hinterher. Er wusste ja nicht, wo die neue Feuerwache war. Zum Glück hielt er sich nach der Sparkasse links und hatte dann die Luftballons des Sparkassenfestes erblickt. Er musste natürlich noch die Eselsgasse hinunterhüpfen und das war nicht einfach. Berti fuchtelte wild mit den Armen, es sah aus, als würde er uns zuwinken. Es schien ihm Spaß zu machen. Wir sahen, dass die beiden Priester sich um ihn kümmern wollten, aber wie stoppt man einen Orkan?

»Sei vorsichtig«, rief ich, aber mehr, weil ich mich selbst beruhigen wollte. »Ich mach das schon«, rief Berti. »Keine Sorge.« Niggi und ich liefen zu unserem Haus zurück.

Menschen kamen vorbei und beachteten uns nicht. Es war eine dieser Sommernächte, in denen jeder spürt, dass das Leben wild und geheimnisvoll ist. Alle unterhielten sich laut und lachten, es war ein Glück, auf der Welt zu sein. Man ging hinaus in die Nacht und dachte nicht an den nächsten Morgen.

»Wo sind die anderen?«, fragte ich Niggi. Er verdrehte die Augen und sagte: »Die warten auf das Feuerwerk. Ich hatte keinen Bock drauf.« Ich verstand Niggi. Er wollte mir sagen, dass er nach mir schauen wollte und dass ich ihm wichtig war. Es ist schon verrückt, dass Jungs so um den heißen Brei herumreden. Man muss das, was sie sagen, übersetzen. Wie eine fremde Sprache. »Du fehlst uns«, sagte Niggi. »Es ist langweilig ohne dich.«

Ich hatte plötzlich Mama vor Augen und musste gegen meine Tränen ankämpfen. Aber als Niggi mein Gesicht unbeholfen gegen seine Schulter drückte, um mich zu trösten, kamen sie doch.

»Nicht so fest«, flüsterte ich. Niggi hielt mich fest wie einen Vogel, der nicht fortfliegen soll. »Entschuldige«, sagte er schnell. Ich lachte. »Das ist schon in Ordnung«, sagte ich. »Trösten darf auch weh tun.«

Dann erzählte ich Niggi, wie ich mich von meiner Mama verabschiedet hatte, jeden Tag ein bisschen mehr. Ich erzählte ihm von ihrem alten Bademantel und dass ich böse auf Papa war, weil er Mama nicht einen neuen, schönen Bademantel gekauft hatte. Ich erzählte ihm, wie sie mich manchmal streichelte. Einfach so, mitten im Gespräch, als wollte sie dieses Gefühl festhalten, und wie ich dann auch sie manchmal streicheln musste, weil ich nie vergessen wollte, wie weich sie war. Niggi hörte einfach zu. Irgendwann saßen wir in unserem kleinen Hauseingang und waren die einzigen Menschen auf der Welt. Ich erzählte, wie ich mit Mama jeden Tag Waffeln aß, bis wir schließlich keine Waffeln mehr sehen konnten. Im Krankenhauscafé gab es welche mit Eis und heißen Himbeeren, und wir bestellten sie, als wäre jeder Tag ein Feiertag.

Irgendwann war ich gar nicht mehr traurig, sondern lachte sogar, als ich erzählte, wie ich Mama mit dem Krankenhaus-Rollstuhl durch den Park gerast bin und alle uns entsetzt ausgewichen waren.

Ich war so froh, dass Niggi da war. Zum Glück hatte ich wieder jemanden, dem ich alles erzählen konnte. Wir schauten uns froh und still an Dann schnarchten Papas Schlafpantoffeln wieder, und wir beide sprangen herum, als wollten wir Feuer austreten. Plötzlich überraschte uns ein Heidenlärm wie von Pauken und Trompeten. Es war noch viel zu früh für das Feuerwerk. Das konnte nur ein Fehlstart sein. Papa schaute oben erstaunt aus dem Fenster und rief: »Das Feuerwerk schießt aus allen Ecken des Feuerwehrschuppens hervor!«

Ich musste an Berti denken. Hoffentlich war ihm nichts passiert.

In Kapitel 16

wird erzählt, wieso ein Gauner wie Brat-Kurt plötzlich betet, warum jemand, der hüpfen kann, auch ein guter Schwimmer sein muss, und wieso eine kleine Ablenkung große Folgen haben kann.

Brat-Kurt und Auto-Meier trauten ihren Augen nicht. Die beiden standen vor dem Brunnen am Rathaus. Sie hatten bisher keine Gelegenheit gefunden, aus ihren Priesterklamotten zu schlüpfen. Aber eine Verkleidung war eine Verkleidung. Besser man sah wie ein Priester aus als wie ein Bankräuber.

»Was sollen wir nun machen?«, fragte Brat-Kurt müde. »Wir müssen in die Höhle des Löwen«, sagte Auto-Meier. »Das Mädchen ist zu clever, wir müssen uns an diesen rothaarigen Riesen halten.« »Willst du ihn ...?«, fragte Brat-Kurt und zog sich mit dem Zeigefinger einen Strich über den Hals. Auto-Meier verschluckte sich und hörte erst auf zu husten, als ihm Brat-Kurt heftig mit der Hand auf den Rücken klopfte. »Bist du bescheuert?«, fragte er entsetzt. »Wir gehen nur auf Nummer sicher. Das heißt, wir nehmen diesem Trottel den Schlüssel ab und sperren die ganze Familie ein. So kommen wir in Ruhe an die Kohle. Wir dürfen nicht mehr auffallen.«

Brat-Kurt leckte seine Hasenzähnchen. »Du hast gut reden«, sagte er. »Wie sollen wir sein Vertrauen gewinnen? Der kommt ja nicht einfach auf uns zugehüpft.« Sie staunten nicht schlecht, als genau in diesem Augenblick der rothaarige Riese auf sie zugehüpft kam. Er hüpfte durch die kleine Stadt wie ein Känguru. Er schien keine Angst zu haben, sondern streckte die Hände weit aus, als wollte er alle Leute umarmen. Seine roten Haare flatterten dabei rauf und runter, als wären sie ein Wischmopp.

»Was machen Sie denn da?«, schrie Auto-Meier. »Ich weiß es nicht«, schrie der Riese zurück. »Ich habe Hüpfschuhe an und kann nicht stoppen.«

Brat-Kurt und Auto-Meier liefen dem rothaarigen Riesen hinterher.

»Ge ... ge ... geht es Ihnen gut?«, schrie Brat-Kurt ihm nach. »Ich fühle mich wie ein Grashüpfer«, rief der rothaarige Riese zurück und lachte.

Er hüpfte gerade auf eine Gruppe von Feuerwehrleuten zu, die mit Musikinstrumenten zur neuen Wache gingen. Sie sahen den Hüpfenden und lachten. Ein Musiker nahm seine Tuba und gab rasch zu jedem Hüpfer einen Ton ab.

»Aus dem Weg, aus dem Weg!«, schrie der Riese. »Ich kann nicht stoppen.« »Nicht schlimm, nicht schlimm«, schrie einer der Feuerwehrleute, »dort drüben ist der Löschteich.«

Brat-Kurt und Auto-Meier schauten zum Ende der Eselgasse. Tatsächlich, der rothaarige Riese hüpfte sehr hoch und sehr schnell auf den Teich zu, der wegen seiner Nähe zur Feuerwache Löschteich genannt wurde. Die Feuerwehrleute liefen auseinander, um dem Hüpfenden Platz zu machen.

»Hilfe!«, schrie der Hüpfer, aber niemand wusste, wie man ihm helfen sollte. »Die Leiter«, rief endlich ein Feuerwehrmann, »fahrt die Leiter des Feuerwehrautos aus, daran kann er sich festhalten.« Auto-Meier fiel wieder ein, dass er als Priester verkleidet war, und schrie: »Das ist eine gute Idee, meine Kinder. Rettet unseren Hochspringer.«

Die Zeit war knapp. Schnell wurde das Feuerwehrauto mit der Leiter aus dem Schuppen geholt. Inzwischen kam der rothaarige Mann die Gasse hinuntergehüpft. Der Löschteich blinkte im Mondlicht.

»Wie geht es Ihnen?«, fragte Auto-Meier, der immer noch direkt neben dem Mann mit den Hüpfschuhen her rannte. Dieser schien nur darauf gewartet zu haben, dass ihn ein Priester fragen würde, wie es ihm ginge.

Mit ausgestreckten Armen hüpfte der Mann weiter, und bei jedem Hüpfer auf dem holprigen Kopfsteinpflaster stieß er eine Silbe hervor: »Ach – wä – re – ich – doch – in – Ol - den – burg – ge – blie – ben«, klagte er. »In – mei - ner – Knei - pe – na - mens – Ta – hi – ti. Sie – müs – sen – auch – wis – sen – Hoch – wür – den – ich – ha – be – nicht – das – Ge – fühl – dass – mei– ne – Schwes – ter – An – ne – mich – mag – Ich

– bin – froh – Ih – nen – das – er – zäh – len – zu – kön – nen ...«

Auto-Meier war genervt. Was quatscht der hier rum, ich will endlich mein Geld zurück, dachte er. Inzwischen war das Feuerwehrauto in der Richtung des heranhüpfenden Berti postiert, und alle konnten hören, wie die Feuerwehrleiter ausgefahren wurde. Direkt neben dem Feuerwehrauto stand Brat-Kurt, der als Priester tat, was ein Priester tun konnte. Er betete.

Brat-Kurt sah, es wurde gefährlich. Der Mann mit den Hüpfschuhen kam mit hohem Tempo auf das Feuerwehrauto zu. Die Feuerwehrleiter wurde in seine Richtung gedreht. Jetzt musste er sie nur noch erwischen, dann würde er mit trockener Hose aus dem Schlamassel herauskommen. Die Menschen, die gekommen waren, um das Feuerwerk an der neuen Feuerwache zu erleben, standen dicht zusammen, um nichts von diesem Ereignis zu verpassen. Einen rothaarigen Riesen auf zwei Hüpfschuhen, der mit weit ausgestreckten Armen auf einen Teich zuhüpfte, sah man nicht alle Tage.

»Sie sind zu schnell«, schrie Auto-Meier. »Sie müssen das Tempo drosseln.« Der rothaarige Riese hüpfte in einer Sprunghöhe von etwa einem Meter dem Löschteich entgegen. Er wurde immer schneller. Es war unmöglich, ihn aufzuhalten. Voller Sorge schaute Brat-Kurt zu Auto-Meier, der tapfer versuchte, mit dem Mann Schritt zu halten.

»Greifen Sie nach der Leiter!«, schrie Auto-Meier den rothaarigen Riesen an. »Das ist Ihre letzte Chance!« Der Hüpfende sprang direkt auf das Feuerwehrauto zu. Dann war es so weit. Beherzt griff er nach der Leiter, ein Raunen ging durch die Menge als er daran abrutschte, strauchelte und mit einem lauten Schrei in den Löschteich platschte. Ohhh, aahhh! Platsch!

Alle blickten auf den Teich, aber nichts war zu sehen. Endlich kam ein Büschel roter Haare an die Oberfläche, wie eine Feuerqualle, und das kurz danach auftauchende Gesicht rief: »Hilfe, ich kann nicht schwimmen«, und ging wieder unter.

Auto-Meier und Brat-Kurt, die beiden Priester, standen zusammen und hielten ihre Hände in Andacht gefaltet. »Der Idiot soll die schweren Hüpfschuhe ausziehen«, murmelte Auto-Meier und zog sich Jacke und Schuhe aus. »Was ... was hast du vor?«, fragte Brat-Kurt erstaunt. »Ich kann ihn doch nicht absaufen lassen«, schrie Auto-Meier. Mit einem Kopfsprung hechtete er in das dunkle Wasser.

Brat-Kurt wunderte sich. So menschenfreundlich kannte er Auto-Meier gar nicht. Wahrscheinlich will er auf diese Weise nur seine Beute retten, dachte Brat-Kurt und lief am Ufer auf und ab. Lange war nichts zu sehen. Alle hielten den Atem an. Blasen kamen an die Oberfläche. Enten schwammen aufgeregt hin und her. Auch Brat-Kurt zog nun seine Priesterjacke aus; er wollte sich gerade ebenfalls ins Wasser stürzen, als am gegenüberliegenden Ufer Auto-Meier aus dem Wasser krabbelte und den rothaarigen Riesen an Land zog. »Er ist in Ordnung«, schrie Auto-Meier erschöpft und sah auf den Geretteten vor sich, »er hat nur etwas Wasser geschluckt.« Der rothaarige Riese winkte schwach zum Zeichen, dass er lebte. Die Menge applaudierte. Der Mann mit der Tuba traute sich, einen Tusch zu spielen.

Das Sparkassenfest war gerettet. Brat-Kurt nahm einem Feuerwehrmann zwei Decken ab und lief damit zu Auto-Meier. »Du ... du ... du bist ja ein Held«, flüsterte Brat-Kurt und legte die Decke um Auto-Meier. »Quatsch keine Opern«, sagte Auto-Meier und schüttelte sich wie ein nasser Hund.

Der Riese setzte sich auf und schaute auf seine Füße. Seine Hüpfschuhe lagen auf dem Grund des Löschteiches und konnten keinen Schaden mehr anrichten. Gut so. Er nahm gar nicht wahr, wie Brat-Kurt ihn in eine Decke einpackte, und starrte auf seinen Lebensretter, der mit nassen schwarzen Klamotten vor ihm stand.

Brat-Kurt machte über dem Riesen ein Kreuzzeichen. »Bin ich tot?«, fragte der Riese. Brat-Kurt verstand die Frage nicht, bis er sich erinnerte, dass er und Auto-Meier wie Priester aussahen und das rothaarige Monster wahrscheinlich dachte, es wäre im Himmel gelandet. »Nein ... nein ... nein, mein Sohn«, sagte Brat-Kurt, der mal im Kino gesehen hatte, dass Priester einen Mann gern als ihren Sohn bezeichneten.

Auto-Meier nahm seine Decke und rubbelte die roten Haare des Riesen, bis sie nicht mehr tropften. »Wir leben«, sagte er, »jetzt müssen wir nur aus diesen nassen Klamotten raus.« »Kein Problem, Hochwürden«, sagte ein Feuerwehrmann, »wir haben im Spritzenhaus Overalls von der Lebensrettungsgesellschaft, der DLRG, die können Sie sich überstreifen.«

Auto-Meier stützte den Riesen und ging mit ihm durch die sich wie das Rote Meer teilende Menge in das Spritzenhaus.

Sie standen in einem dunklen Raum, in dem eine einfache Birne von der Decke baumelte, die ihnen notdürftig Licht spendete. Auto-Meier stand so vor der Birne, dass sein Kopf wie von einem Heiligenschein bestrahlt leuchtete.

»Danke, Hochwürden«, sagte der rothaarige Riese.

Er und Auto-Meier waren aus den nassen Klamotten geschlüpft, hatten die orangefarbenen Overalls der Lebensrettungsgesellschaft angezogen und sahen aus wie zwei Apfelsinen. »Das hätte doch jeder getan«, sagte Auto-Meier. »Trotzdem danke«, sagte der Riese noch mal und trank aus einem Glas, das ihm ein Feuerwehrmann brachte. »Puuuh, was ist das denn?«, fragte er nach dem ersten Schluck. Brat-Kurt roch an seinem Getränk. Der Feuerwehrmann lachte.

»Das ist selbst gebrannter Feuerschnaps, der euch wärmen soll«, sagte er.

»Mein Name ist Berti«, sagte der Mann zu Brat-Kurt und Auto-Meier und hielt den beiden Priestern die Hand hin. »Angenehm«, sagte Auto-Meier, »mein Name ist Au ... Au ... Augustinus, und das ist mein Mitbruder, Hochwürden Ekkehard.« »Ge ... ge ... genau«, kicherte Brat-Kurt, »ich bin Hochwürden Ekkehard.« Die drei hoben ihre Gläser und tranken sie aus. Der Feuerschnaps war so stark, dass sich alle schüttelten wie nasse Hunde.

»Der brennt, was?«, lachte der Feuerwehrmann und füllte noch einmal ihre Gläser. »Das ist was anderes als Messwein«, dachte Auto-Meier, prostete dem rothaarigen Riesen zu und kippte den Schnaps mit einem

Schluck herunter.

»Ich fühle mich großartig«, sagte der Riese. »Ein Attelner Feuerschnaps ist wie Medizin«, lachte jetzt der Feuerwehrmann und prostete ihnen seinerseits mit der Flasche zu. Sie tranken ihre Gläser aus und schüttelten sich wieder.

»Brrrrr«, machten sie und lachten. Der Alkohol zeigte seine Wirkung. Brat-Kurt bekam glasige Augen und konnte sehen, dass es bei den anderen genauso war.

Hinter ihnen waren die Kisten mit dem Feuerwerk gelagert. Das sollte heute, am Festtag der Sparkasse Atteln, um Punkt Mitternacht gezündet werden.

»Die Sparkasse ist überfallen worden«, sagte der Feuerwehrmann. »80.000 Euro sind verschwunden, irre, was?« Brat-Kurt und Auto-Meier husteten, als hätten sie sich verschluckt. Schnell füllte der Feuerwehrmann noch einmal die Gläser. »Ihr meint es aber gut mit uns«, sagte Auto-Meier zu dem Feuerwehrmann. »Ich bin doch Feuerwehrmann«, lachte er, »ich bin hier, um jeden Brand zu löschen.« »Ich ... ich ... ich habe einen furchtbaren Brand«, lachte Brat-Kurt und hielt sein Glas schon wieder hin. Der Feuerwehrmann goss großzügig nach. Alle schüttelten sich und lachten.

Der Mann hob eine der Kisten mit den Feuerwerkskörpern an. Er wollte sie nach draußen schaffen und rund um den Löschteich aufbauen. »Das ist Tradition«, lachte er, »die Feuerwerke von Atteln finden immer am Löschteich statt«. Und er nahm von den Knall- und Leuchtkisten noch eine mit.

»Ich kann den Löschteich nur empfehlen«, sagte Auto-Meier. »Er ist bei dieser Hitze eine ideale Erfrischung.« Die drei Männer waren allein im Schuppen. Sie fühlten sich wohl. »Was macht ein feiner Kerl wie Sie in Atteln?«, fragte Auto-Meier den rothaarigen Riesen plötzlich. Auto-Meier sah, seine Frage kam so überraschend, dass der Riese offenbar erst überlegen musste, was er tatsächlich hier in Atteln machte.

Dann hörten sie seine Geschichte von Anne und ihrem Vater und einem Versprechen, so lange auf seine kleine Schwester aufzupassen, bis sie ohne ihre Mutter zurechtkam.

Der Feuerwehrmann kam zurück in den Schuppen und wollte die nächste Kiste mit Feuerwerkskörpern nach draußen schleppen. »Haben Sie mal eine Zigarette für mich?«, fragte jetzt der rothaarige Riese. »Ich rauche zwar nicht, aber nach all dem Stress ist mir doch nach einer kleinen Ablenkung.«

Ohne lange nachzudenken, reichte ihm der Feuerwehrmann eine Zigarette herüber, gab ihm Streichhölzer und trug eine Kiste mit Feuerwerkskörpern zum Löschteich. Berti entzündete ein Streichholz. Er versuchte seine Zigarette damit anzumachen, aber es gelang ihm nicht.

Berti hob eine alte Zeitung auf, die auf dem Boden lag und hielt sie an das brennende Streichholz. Sie stand sofort in Flammen.

»Wir ... wir ... wir müssen nur aufpassen«, stammelte Brat-Kurt, »dass wir nichts in Brand ...«

Er kam gar nicht mehr dazu, seinen Satz zu beenden. Er sah, wie der rothaarige Riese die brennende Zeitung und seine Zigarette auf den Boden schmiss und versuchte beides auszutreten. Die Flammen schlugen trotzdem hoch und sprangen auf einen Karton über, der in ihrer Nähe stand. Aus dem Karton ragten die Lunten von Feuerwerkskörpern heraus. Brat-Kurt sah, wie die Zündschnüre Feuer fingen und die Glut brizzelnd auf die Feuerwerkskörper zuraste. Berti wusste nicht mehr, was er tun sollte.

»Rauchen ist ungesund«, flüsterte Brat-Kurt, »besonders als Ablenkung.« Alles starrte auf die brennenden Lunten. Zum Glück kam der Feuerwehrmann wieder in den Schuppen und erfasste mit einem Blick den Ernst der Lage. »Rette sich, wer kann!«, schrie er, und alle liefen so schnell sie konnten aus dem Schuppen der Feuerwache. Sie konnten dort noch laut »Vorsicht!« und »Legt euch alle auf den Boden!« schreien, bevor die Feuerwerkskörper aus allen Öffnungen des Schuppens geschossen kamen.

In Kapitel 17

wird erzählt, wie Berti tanzen lernte und sich verliebte, wie zwei Gauner einen Autoschlüssel klauen wollen und wieso Anne beschließt, den Überblick zu behalten.

Das Feuerwerk war vorbei. Wir hatten den Lärm gehört und den Einsatz der Feuerwehr mitbekommen. Ich wusste nicht, was dort passiert war, aber ich ahnte schon, dass das nur mit meinem Bruder Berti zu tun haben konnte. Papa und ich waren allein zu Haus und machten uns Sorgen. Wir warteten auf ihn. Eine Nachbarin erzählte mir, dass sie Berti gesund und munter beim Feiern mit zwei Priestern gesehen hätte. Ich war beruhigt. Dann gingen wir ins Bett, denn Berti war schon groß und konnte allein auf sich aufpassen, oder?

Irgendwann wurde ich von Lärm geweckt, der selbst einen Elefanten aufgerüttelt hätte. Papa war zum Glück, nachdem er seinen Schuhkoffer eingeräumt hatte, zur Ruhe gekommen. Ich hatte ihm eine Schlaftablette gegeben und nun schlief er wie ein Baby. Berti war singend vom Sparkassenjubiläumsball gekommen und hatte keine Schuhe an. Er war nicht allein, zwei Männer waren bei ihm, und alle drei stanken nach Rauch und Schnaps. Einer sah aus wie ein Priester, der andere hatte den gleichen orangefarbenen DLRG-Overall an wie Berti. Berti und einer seiner neuen Freunde umarmten sich dauernd. In ihren orangefarbenen Overalls sahen sie aus wie zwei Apfelsinen, die heiraten wollten. Sie waren unten in der Küche und sangen so falsch, dass man nicht erkannte, was sie eigentlich sangen. Sie hatten den kleinen Kühlschrank weit geöffnet und steckten ihre Köpfe rein, als suchten sie nach Eisbären. Ich kam hinzu und grüßte gähnend die Männerrunde.

Berti lief auf mich zu und umarmte mich. Seine roten Haare hingen mir ins Gesicht und rochen nach Ente. »Das ist meine Schwester Anne«, sagte er.

Ich nickte den Männern zu. Ich war noch zu müde, um etwas zu sagen. Am Fenster zum Garten baumelte eine schwarze Priesterhose zum Trocknen, und über den Stühlen tropften Bertis Klamotten vor sich hin, als hätte er gebadet. Berti hielt dem Priester und dem kleinen dicken Mann ein Bier entgegen, und ich zuckte zusammen, als sich die drei Männer laut zuprosteten.

»Prost«, schrie Berti. Er wankte ein bisschen. »Prost«, schrie der Priester zurück. Ich rieb mir die Augen, alles kam mir so sonderbar vor. Die Stimme des Priesters überschlug sich. Das Stammeln kam mir bekannt vor. Wo hatte ich das schon mal gehört? Ich kam nicht darauf. Der kleine dicke Mann grinste und fragte: »Sag mal, Bertimaus, räumst du nie dein Auto auf?«

Berti schüttelte wild den Kopf. »Nein«, schrie er. »Bertimaus räumt niemals auf!«

Als hätte er den besten Witz des Jahres gerissen, lachten die beiden Männer und schauten sich dabei an. Was sollte das? Ich stand in der Tür und nahm die Limonade, die mir Berti reichte, obwohl ich nicht durstig war. Jetzt hätte ich gern Niggi bei mir gehabt. Niggi hatte ein Gespür für Ärger. Hier roch es nach Ärger. Das konnte ich spüren.

»Mir ist etwas Sonderbares passiert«, flüsterte Berti plötzlich und zeigte seine beiden Ringe, in die das »I« und das »A« graviert waren. Es waren die Ringe, die er an einer Kette um seinen Hals trug und von denen ich den einen in der Nothaltebucht gefunden hatte.

Der Priester räusperte sich: »Er ... er ... erzähle, mein Sohn.« Während Berti erzählte, öffnete der Priester den Kühlschrank und drehte sich dann wieder in meine Richtung. Er hatte ein Glas mit Wiener Würstchen in der Hand und biss hungrig in eines der Würstchen.

»Ich hatte mich mal verliebt«, erzählte Berti und wollte sich an den kleinen Tisch setzen, bemerkte aber noch, dass er seine nasse Hose über den Stuhl gelegt hatte. Er stellte sich an das geöffnete Fenster und schaute in die Nacht. »Erzähle weiter, Berti«, sagte der kleine dicke Mann und trank aus seiner Flasche Bier. Ich hatte nicht den Eindruck, dass er wild darauf war, eine Geschichte zu hören. Ich sah, dass er vorsichtig Bertis nasse Hose abtastete. Was ging hier vor?

»Es ist Jahre her. Bevor ich nach Oldenburg abgehauen bin«, lallte Berti. »Ich war jung und schüchtern, obwohl, schüchtern bin ich immer noch ...« Berti drehte sich kurz um und grinste mich fröhlich an. Er war betrunken, aber ich spürte, dass er gar nicht fröhlich war, sondern traurig. Ich merkte auch, dass er die Geschichte für mich erzählte. War das seine Liebesgeschichte? Endlich bekam ich sie zu hören.

»Sie hieß Berta. Ich lernte sie beim Tanzen kennen«, nuschelte Berti weiter.

Die beiden fremden Männer schauten sich an. Der kleine Dicke zuckte mit den Schultern und der große Lange stellte sein Würstchenglas ab, ging zu Berti und legte ihm einen Arm um die Schulter. Er schaute mit ihm in die Nacht, als würde gerade am leuchtenden Sternenhimmel Bertis Liebesgeschichte gezeigt. Ich bemerkte aber, wie er dabei mit der freien Hand in die Hosentasche von Bertis Overall glitt und Bertis Autoschlüssel herausfischte. Was war denn das? Wieso machte sich ein Priester an Bertis Tasche zu schaffen? Sollte ich eingreifen oder bildete ich mir alles nur ein? Berti schaute mich an, als hätte er die beiden Männer vergessen. Er erzählte weiter die Geschichte und ich hörte zu.

»Es gab damals in Atteln einen Tanzkurs«, erzählte er wehmütig. »Im Sommer mietete unser Tanzlehrer, Herr Stüver, unsere Schützenhalle an, um dort seinen Kurs zu geben. Es kamen natürlich nur Mädchen, und Herr Stüver brauchte ein paar freiwillige Jungs, die mitmachten, gegen Bezahlung, versteht sich.« Aus Berti sprudelte seine ganze Lebensgeschichte heraus.

Ich aber behielt seine neuen Freunde im Auge. Vielleicht wollten sie ja nur nicht, dass Berti betrunken Auto fuhr. Aber es war spät und wohin sollte er fahren? Ich wusste nicht mehr, was ich denken sollte.

»Es war ja wichtig, dass die Mädchen das Tanzen mit Jungs übten, sonst würden sie es ja nicht können, wenn diese mal mit ihnen tanzen wollten«, erklärte Berti umständlich.

Die beiden Männer nickten scheinbar interessiert, und der Priester hielt den Schlüssel so, dass der andere ihn an sich nehmen konnte. Als er meinen Blick spürte, steckte er ihn so selbstverständlich weg, als ginge hier alles mit rechten Dingen zu. »Verstehe, verstehe«, sagte der Priester zu Berti und blinzelte dem kleinen Dicken zu. Ich musste etwas tun. Hier wurde ein Spiel gespielt und wir sollten die Verlierer sein.

»Ich wurde dann so ein Einspringer«, flüsterte Berti, »immer, wenn zu wenige Jungs da waren, half ich aus.« Er lachte.

»Was passierte dann?«, fragte ich ihn und ging auf den kleinen Dicken zu. Ich musste den Schlüssel bekommen.

»Eines Tages«, fuhr er fort, »blieb ein Mädchen übrig. Ich war wieder Einspringer, ging zu ihr und musste sie zum Tanzen auffordern. Es wurde gerade Walzer getanzt und ich verbeugte mich artig vor ihr. Das hatte uns Herr Stüver beigebracht. Der Mann verbeugt sich vor der Frau. Die Musik machte Rumtata-Rumtata, und ich wusste, dass ich nicht gut tanzen konnte. Herr Stüver behauptete immer, dass ich wie ein Esel herumhopsen würde.«

Berti kam zu mir, verbeugte sich und tanzte mit mir, zu einer Musik, die nur er hören konnte. Er trat mir dauernd auf die Füße, und ich war froh, als er sich endlich auf den Stuhl mit der nassen Hose fallen ließ. Er schnaufte. Dann holte er tief Luft und erzählte weiter: »Sie hieß Berta und alles stimmte. Tanzte ich wie ein Esel, dann tanzte sie wie eine Eselin. Wir passten zusammen wie Topf und Deckel. Und versteht ihr den Witz an der Sache? Ich hieß Berti und sie hieß Berta. I und A! Versteht ihr?«

Ich nickte und streichelte Berti übers Haar. Er flüsterte: »Die anderen machten sich lustig über uns. ›Haha, die tanzen wie die Esel! Berta und Berti, wie zwei Esel! Haha!‹ Zuerst war ich sauer, aber dann machten wir uns einen Spaß daraus. Na und? Dann waren wir eben Esel. Aber glücklich! Das I und A haben wir uns dann in unsere Ringe reinritzen lassen. I und A, die Eselliebe.«

Es war so still, dass man das Ticken der Küchenuhr hörte. Der Priester räusperte sich. »Und ... und was tatet ihr dann, mein Sohn?« Der kleine Dicke ging auf den Priester zu. Was hatte er nun wieder vor?

»Versteht ihr?«, fragte Berti noch einmal. »Wir wollten ein Leben lang zusammenbleiben und sie trug den Ring mit meinem I und ich ihren Ring mit ihrem A. Das war die Liebe von Bertimaus.«

Der Priester nahm erneut Bertis Autoschlüssel an sich. Wollten mich die Männer verwirren? Ich musste handeln. Ich hatte alles gesehen. Bevor der Priester noch den Schlüssel verstecken konnte, trat ich dazwischen und riss ihn ihm aus der Hand. Auch ich tat so, als wäre dies selbstverständlich, und murmelte: »Ach, Bertis Autoschlüssel. Gut, dass damit heute kein Unsinn angestellt werden kann. Danke, Hochwürden.« Der Priester lächelte verunsichert und schaute den kleinen Dicken an, der sich mit aufgerissenen Augen in die Ecke neben dem Kühlschrank verzog.

Berti gab mir einen Kuss. Er musste sehr betrunken sein und sehr gerührt. »Das ist meine kleine Schwester«, lallte Berti und umarmte mich wieder. Er roch nach Schnaps. Dann zeigte er auf die beiden Männer.

»Und das sind Hochwürden Augustinus und Hochwürden Ekkehard.«

Als die beiden Männer mich anlächelten, wusste ich, dass ich sie schon mal gesehen hatte. Ich hatte die beiden im Schuppen von Frau Scholz gesehen. Aber was ich noch nicht wusste, war: Was hatten die beiden vor? Ich versuchte, Zeit zu gewinnen.

»Und wie endete eure Eselliebe?«, fragte ich, und Berti schluchzte, ohne mich loszulassen. »Sie traf einen Hallodri, einen Finanzbeamten und hat sich mit ihm eingelassen. Das konnte ich nicht verwinden und bin dann fortgegangen nach Oldenburg, ohne mich zu verabschieden. Dort eröffnete ich eine Tahiti-Bar und verkaufte Cocktails und trug dazu bunte Hemden.«

Ich war still und wusste nicht, was ich sagen sollte.

»Zum Glück ist das alles lange her und jetzt sollten wir schlafen gehen«, wollte ich sagen, aber Berti schluchzte: »Aber dann hat sie mir einen Brief geschrieben und mir den Ring mit meinem I zurückgeschickt, ja das war es dann und ich stand da wie ein begossener Esel.« Komischerweise sah Berti jetzt wirklich wie ein begossener Esel aus. Ich hätte ihn gerne getröstet. Doch ich hatte Angst. Ich musste die beiden Galgenvögel unbedingt loswerden und sagte: »Zum Glück ist das alles lange her und jetzt sollten wir schlafen gehen. Wir müssen ja morgen früh raus.«

Die beiden Männer schauten sich erschrocken an. Was würden sie machen? Der kleine Dicke streckte sich schließlich und gähnte. »Du hast recht«, sagte er. »Wir müssen morgen früh nach Flensburg, zum Kirchentag, und es ist doch spät geworden.«

»Ihr müsst nach Flensburg?«, fragte Berti. »Ja ... ja ... ja«, sagte der große dünne Priester, »wir sprechen dort auf dem Kirchentag.« Bevor ich noch etwas sagen konnte, schrie Berti: »Aber das ist ja ein Zufall, dann könnt ihr doch mit uns fahren. Wir fahren nämlich auch nach Flensburg.« »Und wo sollen die beiden Hochwürden schlafen?«, warf ich ein. Aber es war zu spät. Berti zeigte nach oben. »Wir können oben die Couch ausziehen. Im Wohnzimmer ist noch Platz für zwei«, sagte er.

Ich schaute von einem zum anderen. »Ich möchte nicht unhöflich sein, aber mir wird das alles zu viel.« Berti nahm mich zur Seite. »Hochwürden Augustinus hat mir das Leben gerettet«, sagte er leise. Ich nickte. Vielleicht sah ich ja wirklich Gespenster. Vielleicht gab es für alles eine harmlose Erklärung. Auf jeden Fall beschloss ich, in dieser Nacht kein Auge zuzumachen. Eines war nämlich sicher: Hier musste jemand den Überblick behalten, und so wie es aussah, war ich das.

In Kapitel 18

wird erzählt, wie Brat-Kurt und Auto-Meier alles unter Kontrolle haben, wie Anne sich zwei besondere Schuhe anzieht und wieso ohne Öl nichts läuft.

Am nächsten Morgen liefen Brat-Kurt und Auto-Meier im Haus herum, als gehörte es ihnen. Sie hatten ihre Priesterverkleidung angezogen und versuchten, wieder vornehm und fromm zu wirken. Mir war alles klar. Die beiden hatten beschlossen, Aufsehen zu vermeiden und ihren Plan wie besprochen zu Ende zu bringen.

»Ich ... ich habe alles unter Kontrolle«, flüsterte Brat-Kurt. »Ich weiß, wo wer ist und wo was war.« »Hast du das Telefon verschwinden lassen?«, fragte Auto-Meier. Brat-Kurt nickte. Im Telefonverschwindenlassen war er Meister. Diese Wohnung war komplett von der Außenwelt abgeschnitten und in ihrer Hand. Sie mussten nur noch ihr Geld holen und das Mädchen nebst Anhang unschädlich machen. Auto-Meier triumphierte: »Auch, wenn das Mädchen was bemerkt haben sollte, die Familie ist in unserer Gewalt.«

Nun mussten Taten folgen. Sie wollten endlich ihr Geld. Sie gingen in den Keller und versuchten, den rothaarigen Riesen zu wecken, der laut vor sich hin schnarchte. Aber kaum hatte er die Augen geöffnet, schloss er sie schon wieder. Auto-Meier fluchte und riss ungeduldig die Bettdecke von dem Schlafenden.

»Kommen Sie«, schrie Brat-Kurt. »Wir müssen nach Flensburg.« Auto-Meier hielt die Hose und die Strümpfe des rothaarigen Riesen in der Hand und begann ihn anzuziehen. »Was ... was machst du da?«, fragte Brat-Kurt. »Ich ziehe den Riesen an«, schimpfte Auto-Meier, »was sonst.«

Endlich schaffte es der rothaarige Riese, seine Augen zu öffnen, und starrte sie an, als wären sie Fremde. Er stöhnte und hielt sich seinen Kopf.

Erstaunt schaute er an sich herunter.

»Ich bin ja schon angezogen«, sagte er. »Ein Wunder?« »Wir ... wir haben uns erlaubt«, stammelte Brat-Kurt, »ein wenig zu helfen.« Dem rothaarigen Riesen fielen wieder die Augen zu. Auto-Meier schüttelte ihn. »Wir haben eine lange Reise vor uns«, sagte er drohend. »Es wird Zeit, dass sich was bewegt.«

Der rothaarige Riese riss erneut die Augen auf. »Ich bin noch gar nicht wach«, sagte er schließlich und trank laut gluckernd eine Mineralwasserflasche leer. »Sind Sie zwei Pinguine?«, fragte er dann.

Brat-Kurt und Auto-Meier versuchten zu lachen. »Wir sind es doch«, sagte Auto-Meier. »Hochwürden Ekkehard und Hochwürden Augustinus. Wir haben Ihnen gestern das Leben gerettet ...« Der rothaarige Riese griff sich an den Kopf. »Natürlich«, stammelte er, »und dann habe ich Sie eingeladen, mit uns nach Flensburg zu fahren.«

Alle nickten sich zu und atmeten erleichtert auf. Der rothaarige Riese erhob sich stöhnend. Brat-Kurt ging zu ihm und legte ihm eine Hand auf die Schulter. »Wir ... wir müssen in Ihrem Auto die Rückbank aufbauen. Wir brauchen Platz. Wir brauchen dafür den Autoschlüssel«, sagte er und schob ihn dabei die Treppe hoch zu dem Zimmer des Mädchens. Der rothaarige Riese wollte gerade dort anklopfen, als Brat-Kurt schon die Tür aufgestoßen hatte. Das Mädchen öffnete sofort die Augen, als habe es nicht geschlafen, und richtete sich auf.

»Was wollt ihr?«, fragte es misstrauisch. Brat-Kurt leckte seine Vorderzähne. Es fiel ihm schwer, höflich zu sein. Am liebsten hätte er einfach das Zimmer nach dem Schlüssel abgesucht. Aber er wollte kein unnötiges Risiko eingehen. Er atmete langsam ein und aus.

»Wir ... wir wollen den Schlüssel«, sagte Brat-Kurt, so freundlich es ging. »Hochwürden Augustinus und ich wollen die Rückbank aufbauen«, sagte der rothaarige Riese erklärend und streckte dem Mädchen seine Riesenhand entgegen. »Die Rückbank aufbauen?«, fragte das Mädchen und rieb sich die Augen. »Du riechst nach Schnaps«, sagte es zu dem rothaarigen Riesen und hielt sich die Nase zu. Der hielt sich beide Hände um Mund und Nase, atmete aus und schnupperte.

»Stimmt«, sagte er froh, als würde er den Geruch von Schnaps mögen.

Brat-Kurt stampfte mit dem rechten Fuß auf. Ihm dauerte alles viel zu lange. »Was ... was ist denn nun mit dem Schlüssel?«, fragte er aufgeregt. Das Mädchen griff mit einer Hand zu ihrer Hose, die ein Stück von ihr entfernt lag. Sie kam nicht daran. Brat-Kurt seufzte und reichte ihr schnell die Jeans herüber. Das Mädchen kramte übertrieben lang in ihren Taschen rum und hielt endlich den Schlüssel hoch. Brat-Kurt griff danach.

»Moment«, sagte das Mädchen, »alles zu seiner Zeit.« Unten wartete der traurige Mann mit Auto-Meier. Beide ließen sich nicht aus den Augen. »Ich kenne Sie«, sagte der traurige Mann zu Auto-Meier. Auto-Meier lächelte und klopfte ihm fest auf die Schulter.

Der traurige Mann war schon reisefertig und trug ein gelbbraunkariertes Hemd mit kurzen Ärmeln. Er hatte es am Hals bis zum letzten Knopf geschlossen, sodass er sich aufrecht halten musste wie ein Storch. So saßen sie sich am Frühstückstisch gegenüber und aßen nichts.

»Wir dürfen nicht den Schuhkoffer vergessen«, murmelte der traurige Mann und deutete auf seinen Schuhkoffer, den er unter seinen linken Arm geklemmt hatte.

Brat-Kurt kam mit dem rothaarigen Riesen die Treppe herunter. Der Riese wedelte mit dem Autoschlüssel herum und setzte sich an den Tisch. »Soll ich nicht den Schlüssel nehmen?«, fragte Auto-Meier und streckte seine Hand aus. Der Riese schüttelte den Kopf und sagte: »Ich habe Anne versprochen, den Schlüssel nicht aus der Hand zu geben, bis wir gefrühstückt haben.« Auto-Meier nickte Brat-Kurt zu und flüsterte: »Wir müssen aufpassen. Das Mädchen versucht Zeit zu schinden.«

Das Mädchen kam die Treppe herunter. Es trug Jeans und ein T-Shirt mit Sonnenblumenmuster. »Anne, zieh diese Schuhe an«, sagte der traurige Mann. Er hatte seinen Schuhkoffer geöffnet und hielt ihr zwei unscheinbare Schuhe entgegen. »Was sind das für Schuhe?«, fragte Auto-Meier schnell. »Das sind Agentenschuhe«, sagte der traurige Mann.

Das Mädchen zog die Schuhe an, der rothaarige Riese nickte. Alle schwiegen, dann begann Auto-Meier zu lachen. »Natürlich«, sagte er, »das sind natürlich Agentenschuhe.« Brat-Kurt flüsterte Auto-Meier zu: »Dem glaube ich kein Wort«, und tippte sich an die Stirn.

»Wenn wir nun den Schlüssel haben könnten«, zischte Auto-Meier hervor. »Wir müssen die Rückbank aufbauen.« Das Mädchen schaute misstrauisch von einem zum andern. »Ich will dabei sein«, sagte es schließlich. »Zuerst wird gefrühstückt und dann wird die Rückbank aufgebaut«. Alle setzten sich an den Frühstückstisch und aßen nichts. »Ich vermisse meine geliebten Dingsbumsknibbers«, sagte der rothaarige Riese. »Ich meinen Kakao und meine klein geschnittenen Apfelstücke«, flüsterte das Mädchen dem traurigen Mann zu. Brat-Kurt sah, wie der traurige Mann nickte und noch trauriger wurde. »Ihre Mutter hat ihr immer zum Frühstück einen Apfel klein geschnitten«, sagte der traurige Mann. »Können wir nun fahren?« Sie schwiegen. Der rothaarige Riese trank schließlich einen Kaffee und fragte: »Rieche ich immer noch nach Schnaps?«

»Natürlich«, sagte das Mädchen und stand auf. Es ging in den kleinen Flur und kam sofort wieder in die Küche. »Wo ist das Telefon?«, fragte es. »Das Telefon?«, wiederholte Auto-Meier, als wüsste er nicht, was ein Telefon ist. »Was ... was willst du denn mit dem Telefon?«, fragte Brat-Kurt. »Anrufen«, sagte das Mädchen. »Tja ... tja ... tja, das wird wohl nichts«, sagte Brat-Kurt und zuckte mit den Schultern. »Ich weiß von keinem Telefon«, sagte Auto-Meier und blickte Brat-Kurt grinsend an. »Wenn wir mit Gott sprechen wollen, dann falten wir einfach die Hände.«

Der traurige Mann schlug mit der Hand auf den Tisch und schrie: »Ich möchte nun endlich fahren!«

Sie gingen nach draußen. Brat-Kurt sah, dass es in der Nacht wieder geregnet hatte.

Der traurige Mann neben ihm schaute in den Himmel und atmete tief ein. Dunkle Wolken zogen am Himmel auf und ließen erneut Regen erwarten. Alle standen vor dem Auto und schauten hinein. Brat-Kurt wurde ungeduldig. Endlich händigte ihm das Mädchen den Schlüssel aus.

»Wir machen das schon«, sagte Auto-Meier. »Hochwürden Ekkehard ist da sehr geschickt.« Brat-Kurt nickte und schloss den Kofferraum auf. Er entdeckte unter der Matratze die beiden Marktkauftüten mit der Beute und hätte am liebsten vor Freude getanzt. Er öffnete die Seitentür und schob sie auf. Er riss so lange an der hochgeklappten Sitzbank, bis sie sich herunterdrücken ließ.

Brat-Kurt und Auto-Meier rückten die Bank und die Lehne zurecht. Brat-Kurt hatte dabei die beiden Marktkauftüten an sich gezogen und sie unter den beiden Vordersitzen verstaut. Er konnte das Geld in den Tüten spüren und strahlte. Er war am Ziel seiner Wünsche. Nun mussten sie nur noch das Mädchen und die beiden Männer loswerden.

»Pass damit auf«, sagte der rothaarige Riese und zeigte auf die Tüten, »da sind leckere Würstchen drin.« »Würstchen?«, fragte der traurige Mann, der sich sofort auf die umgeklappte Rückbank drängte. »Würstchen kann man immer brauchen«, sagte Brat-Kurt und stieß seinen Freund lachend an. Auto-Meier zwinkerte mit den Augen und ließ sich ansonsten seine Freude nicht anmerken. Sie nahmen den traurigen Mann in ihre Mitte. Das Mädchen setzte sich vorne neben den rothaarigen Riesen und öffnete das Fenster. Der ließ vor der Fahrt die Scheibenwischer über die Frontscheibe gleiten. »Aus alter Gewohnheit«, sagte er.

»Wir müssen die Scheibenwischerflüssigkeit nachfüllen«, murmelte das Mädchen. »Und nach dem Öl schauen.« Der rothaarige Riese schüttelte nur den Kopf und sagte: »Da ist genug Öl drin.« Dann fuhren sie los. Das Mädchen machte das Radio an, um die Verkehrsnachrichten zu hören.

Nach dem Wechsel auf die Autobahn nach Hannover wurde der Verkehr dichter. Auto-Meier und Brat-Kurt erzählten von dem Kirchentag in Flensburg, obwohl es weder in Flensburg einen Kirchentag gab noch sie wirklich wussten, was man als Priester von einem Kirchentag erzählen sollte. »Gott findet man auch in Flensburg«, sagte Auto-Meier. »Gott ist überall. Jeder Floh, jeder Elefant kann von seiner Größe schwärmen.«

Brat-Kurt alias Hochwürden Ekkehard verdrehte die Augen. Wird Zeit, dass wir Ernst machen, dachte er. Wir sollten uns die Knete schnappen und damit nach Tahiti abhauen. Auto-Meier hatte ihm gestern Nacht auf der Schlafcouch seinen Plan zugeflüstert. Auto-Meier wollte den rothaarigen Riesen überreden, auf einen Parkplatz zu fahren. Dort würden sie die drei Weicheier überwältigen und dann mit Auto und Beute abhauen. Ein einfacher, aber ein toller Plan, dachte Brat-Kurt.

Er sah, dass das Mädchen die Butterbrote auspackte, die es für die Reise geschmiert hatte. Kurz vor Nienburg fuhr der rothaarige Riese auf die Raststätte, um die Scheibenwischeranlage mit Wasser zu füllen.

»Will noch jemand was aus der Tankstelle?«, fragte der rothaarige Riese. »Ich komme mit«, sagte das Mädchen.

Brat-Kurt und Auto-Meier schauten sich an. »Ich auch«, rief Auto-Meier. Sie durften das Mädchen nicht allein lassen. Es konnte versuchen, von dort aus die Polizei zu benachrichtigen – falls es gemerkt hatte, wohin der Hase lief. Der rothaarige Riese sprang aus seinem Wagen und ließ das Mädchen heraus. Dann schlurfte er in die Tankstelle, um sich eine Tüte Chips zu holen. Auto-Meier wich nicht von der Seite des Mädchens. »Wollen Sie mir auch auf die Toilette folgen?«, fragte es ihn schnippisch. Auto-Meier lachte und schaute sich um. Niemand war in der Nähe und beachtete sie. »Wer folgt denn hier wem?«, fragte er. »Ich vertrete mir doch nur die Beine.«

Eine Frau kam aus der Damentoilette. Auto-Meier konnte sehen, dass sonst niemand den Raum benutzte. Er stellte sich zu dem Mann, der die Toiletten sauber hielt, und sagte zu dem Mädchen: »Ich warte hier, damit du nicht auf dumme Gedanken kommst.« Brat-Kurt füllte inzwischen das Wasser in der Scheibenwischeranlage nach, und der traurige Mann stand hinter dem Auto und machte komische Bewegungen, um gelenkig zu bleiben.

Bald kam auch Auto-Meier mit dem Mädchen wieder. Er hatte nach dem Toilettenbesuch für alle Eis geholt und streckte eines davon dem Mädchen entgegen. Sie stieg gerade wieder vorne ein und nahm das Eis seufzend an. Brat-Kurt öffnete sein Eis und flüsterte seinem Kumpel zu: »Und ... und sollen wir sie über ... überwältigen?«

Auto-Meier schüttelte den Kopf und flüsterte zurück: »Bist du bescheuert? Hier sind überall Überwachungskameras und die Tankstelle ist voller Menschen.« Sie stiegen zu dem traurigen Mann, dem rothaarigen Riesen und dem Mädchen in den Wagen. »Gottes Welt ist wunderschön«, sagte Brat- Kurt und leckte an seinem Eis. »Willkommen im Paradies«, sagte Auto-Meier und hielt dem traurigen Mann lachend ein Eis vor die Nase, das der gierig verschlang. »Ich fahr so gerne Auto«, sagte er dabei. »In einem Auto ist es so schön wie in einem Bett.«

Brat-Kurt lief zur Tankstelle, um vorsichtshalber Öl zu kaufen. Die Kontroll-Leuchte hatte vorhin schon wieder geblinkt. Er wollte gerade bezahlen, als auf dem Fernsehbildschirm über der Kasse eine Sondersendung ausgestrahlt wurde. Die Kassiererin machte den Ton laut und alle schauten nach oben. Auf dem Bildschirm war Polizistin Frau Niggemeier zu sehen. Sie stand neben ihrem Sohn und warnte vor den beiden Gaunern Edwin Meier, alias Auto-Meier, und Kurt Winsel, alias Brat-Kurt. Sie erzählte, dass die beiden Gauner drei Geiseln in ihrer Gewalt hätten und im Augenblick als Priester verkleidet unterwegs wären. Ihr Sohn, den Brat-Kurt als Niggi kannte, stand neben ihr und kaute an seinem rechten Zeigefinger. Frau Niggemeier zog ihre Nase hoch und verdrehte die Augen, als hätte sie Heuschnupfen.

Der Reporter hielt dem Jungen das Mikrofon unter die Nase und fragte: »Und du hast die beiden Verbrecher gesehen?« Der Junge erzählte von ihrem ersten Zusammentreffen und dass der kleine dicke Verbrecher ihn mit einer Pistole bedroht hatte. Frau Niggemeier fiel aus allen Wolken.

71
70
69
68
Auto-Meier/eg03

71
70
69
68
Auto-Meier/eg03

71
70
69
68
Brat-Kurt/eg04

71
70
69
68
Brat-Kurt/eg04

»Warum hast du mir nicht erzählt, dass der Mann eine Waffe hatte?« fragte sie. »Das hättest du mir doch nie geglaubt«, sagte Niggi. »Mensch Nils«, sagte Frau Niggemeier, »weißt du eigentlich, in welcher Gefahr sich Anne befindet?« »Deswegen erzähle ich es jetzt doch«, sagte Niggi und drehte den Schirm seines Basecaps nach hinten.

Der Reporter stellte sich vor die Polizistin und ihren Sohn und fasste reißerisch zusammen: »Wenn die Bankräuber die beiden Frauen sind und die beiden Frauen die sind, die nun als Priester verkleidet unterwegs sind und die beiden Priester die Männer sind, die harmlose Attelner Bürger mit einer Waffe bedroht haben, dann muss sich die Polizei beeilen.«

Während schon der Abspann der Sendung lief, hörte man noch die Polizistin und ihren Sohn im Hintergrund streiten. »Ich weiß, wo sie sind«, sagte der Junge, »Anne hat mir erzählt, wohin sie heute fahren werden.«

»Du fährst nicht mit«, sagte sie, »das ist viel zu gefährlich.« »Natürlich fahre ich mit«, sagte der Junge. »Wie kommst du darauf?«, fragte seine Mutter. »Weil ich sonst nicht erzählen werde, wohin Anne gefahren ist«, sagte der Junge vorsichtig. »Das ist Erpressung«, sagte seine Mutter. »Anne ist meine Freundin«, sagte der Junge, dann war die Sendung zu Ende.

Brat-Kurt schaute auf den Boden, stellte das Öl zurück und verließ schnell die Raststätte. Ohne sich noch umzuschauen, setzte er sich in das Schrottauto.

»Im Fernsehen erzählen sie gerade etwas von zwei Bankräubern«, sagte er laut zu Auto-Meier. Auto-Meier zuckte zusammen. »Ich glaube, sie sind ihnen dicht auf den Fersen«, sagte er zu Auto-Meier. Auto-Meier hatte verstanden. »Ich glaube, wir sollten sehen, dass wir schnell weiterkommen«, sagte er laut. Der rothaarige Riese rülpste, dann fuhr er langsam los. Schnell weiterkommen sieht anders aus.

In Kapitel 19

wird erzählt, was Agentenschuhe in Aktion bewirken, wie die Polizei eine ratternde, klappernde Nähmaschine überwältigt und was es mit einem Wiedersehen für Berti auf sich hat.

Wir fuhren seit einer Stunde durch die Weltgeschichte. Es regnete, und ich tat so, als würde ich schlafen. Ich hatte Angst und suchte nach einem Ausweg. Alles war verzwickt und gefährlich. Berti schien von all dem nichts zu bemerken. Gerade erzählte er zum achten Mal, wie er mit den Hüpfschuhen im Löschteich gelandet war, wie Hochwürden Augustinus ihn gerettet hatte und wie sie dann das Feuerwerk zum vorzeitigen Entzünden gebracht hatten.

Ich meine, mein Leben war auch so schon aufregend genug. Zum Beispiel saß ich jetzt mit zwei Irren im Auto, die uns entführt hatten und irgendetwas mit uns planten. Was sollte ich nur machen? Dabei hatte ich noch versucht, Berti zu warnen. Aber mein großer Bruder ist zu gut für diese Welt und denkt an nichts Schlechtes. Der kleine dicke Gauner ließ mich nie aus den Augen und achtete auf alles, was ich sagte. Ich musste vorsichtig sein. Papa schaute während der Fahrt von einem zum andern, als überlegte er, wer wir waren. Nur wenn Berti seine Hüpfschuhe erwähnte, zog er immer die Schultern nach oben, als würde er in Gedanken mithüpfen.

»Ich ... ich habe von Ihrer Tahiti-Bar geträumt«, sagte dieser komische Hochwürden Ekkehard. »Sie haben gestern immer so schön von ihr erzählt, ich ... ich könnte mir auch vorstellen, sie mal zu übernehmen.« »Als Priester?«, fragte ich und öffnete die Augen. Für einen Moment war es still. Die beiden Gauner schauten sich an.

»Ja, aber natürlich nur als Rückzugsmöglichkeit für alle Einsamen und Gestrauchelten«, sagte Hochwürden Augustinus oder wie er sich nannte. »Also für uns«, lachte Berti. »Wieso sind wir denn gestrauchelt?«, fragte ich verwirrt. »Ich bin doch gestern gestrauchelt, als ich mit den Hüpfschuhen die Leiter gerammt habe«, sagte Berti und erzählte zum neunten

Male das gesamte Löschteichabenteuer.

Ich überlegte, was ich tun konnte. An der nächsten Haltemöglichkeit wollten die beiden Gauner austreten. Es klang sehr abgesprochen. Auf dem Parkplatzschild am Straßenrand war auch auf ein Toilettenhaus hingewiesen worden. Vielleicht hatten wir Glück und waren dort nicht allein. Wir brauchten Hilfe. Mir schwante Schlimmes. Berti fuhr von der Straße ab. Ich schaute mich um. Unser Auto war das einzige auf dem Parkplatz. Und plötzlich ging alles sehr schnell. Es war wie im Fernsehen, nur leider waren wir keine Schauspieler und alles geschah wirklich.

»Hände hoch!«, hieß es plötzlich. »Keiner rührt sich!« Hochwürden Augustinus, oder wie er in Wirklichkeit hieß, hielt auf der Rückbank Papa ein Messer an den Hals. »Ganz ruhig bleiben«, sagte der Mann zu uns nach vorne, »dann passiert keinem was.«

Ich sah aus dem Augenwinkel, wie Papa sich vorsichtig zu dem Mann mit dem Messer drehte und sagte: »Ich kenne das Messer. Das ist mein Messer.« Der Mann lachte grimmig. »Ent ... Ent ... Entschuldigung«, stotterte der andere, »wir haben uns in ... in Ihrem Haus ein wenig umgesehen.« Danach holte er Mamas Wäscheleine hervor, schnitt ein Stück davon ab und umwickelte damit Papas Hände.

»Jetzt ist Schluss mit lustig«, sagte der Mann mit dem Messer. »Jetzt steigen wir alle aus dem Auto und gehen langsam hinter das Klohaus.« Der Kleine ließ mich aus der Beifahrertür aussteigen. Der Himmel war grau, aber es hatte zu regnen aufgehört. Sein Kumpan zog Papa aus dem Auto, weil der sich mit den gefesselten Händen kaum bewegen konnte. Papa schaute fassungslos auf seinen Schuhkoffer, den er im Auto liegen lassen musste. Berti verstand.

Er sagte: »Gebt unserem Vater seinen Schuhkoffer, sonst steht er das nicht durch.« Die beiden Männer schauten sich an. »Bitte«, sagte Berti und holte den Schuhkoffer aus dem Auto, ohne die Antwort der Gauner abzuwarten. Alle Achtung, dachte ich, Berti soll man nicht unterschätzen. Er war nicht nur eigen und sonderbar, er war auch ganz schön cool.

Hinter dem Toilettenhaus mussten wir uns alle in das nasse Gras setzen, wo uns der lange Lulatsch auf Befehl des kleinen Dicken die Hände auf dem Rücken fesselte.

»Mu ... mu ... muss denn das sein?«, fragte der eine Gauner seinen Kumpan. »Willst du denn, dass sie sofort ein Auto anhalten und die Polizei benachrichtigen«, fragte der andere Verbrecher und verklebte meinen Mund mit einem Klebeband. Die beiden Gauner mussten in der Nacht in Papas Werkraum gewesen sein und hatten alles mitgehen lassen, was sie gebrauchen konnten.

Ich war stumm und starrte Papa und Berti mit weit aufgerissenen Augen an. Ich war hilflos wie ein Baby. Plötzlich weinte ich, aber vor Wut. Berti versuchte, fortzulaufen, aber der dünne Lange stellte ihm ein Bein und ließ ihn in die Arme von dem kleinen Dicken purzeln. Berti wehrte sich gegen beide wie ein Tiger, bis der kleine Dicke mich mit dem Messer bedrohte. »Lass gut sein, Bertimaus!«, zischte er. »Sonst passiert der Kleinen was.« Berti hörte sofort auf zu kämpfen und ließ sich neben mich führen.

»Und was ist mit der Tahiti-Bar?«, fragte Berti, bevor ihm der kleine Dicke den Mund zuklebte. Der lange Lulatsch musste lachen. »In ... in ... in eurem Auto sind 80.000 Euro«, sagte er, »damit können wir uns jeden Traum erfüllen, damit gehört uns sogar das echte Tahiti.«

»Die großen Träume werden meistens Träume bleiben«, sagte mein Papa, »seid zufrieden, wenn ihr die kleinen erfüllt bekommt.«

Dann wurde ihm der Mund zugeklebt. Die beiden Männer liefen zu Bertis Schrottauto und zeigten stolz auf die beiden Marktkauftüten. Da sind doch meine Würstchen drin, wollte Berti sagen, aber es klang aus seinem verklebten Mund nur wie »Mhm, Mhm, Mm, Mhm, Mhm«.

Es war unglaublich. Jetzt sahen wir, was wir die ganze Zeit mit uns herumgefahren hatten. Die Tüten waren voller Geld! Und unsere Entführer waren tatsächlich die Bankräuber von Atteln! Die beiden Gauner winkten mit den Scheinen und bekamen ganz große Augen. Schnell warfen sie die Tüten wieder in den Wagen und setzten sich auf Fahrer- und Beifahrersitz.

»Die ... die Öllampe leuchtet auf!«, schrie der lange Lulatsch. »Das tut sie doch immer!«, schrie der kleine Dicke. Wir hörten, wie der Motor angelassen wurde und laut klapperte. Papa und ich schauten zu Berti. Er riss die Augen auf und zuckte mit den Schultern.

»Das klingt nicht gut!«, schrie der Kleine. »Der Idiot hat vergessen, Öl nachzufüllen. Reich mir mal das Öl herüber.« Der andere Gauner wurde weiß wie sein Priesterkragen.

»Wel ... wel ... welches Öl?«, fragte er, obwohl er wissen musste, welches Öl gemeint war. »Mhm, Mhm, Mhm, Mhm, Mhm, Mhm«, meldete sich Berti, was so viel heißen sollte wie: »Ich bin kein Idiot«.

Ich spürte inzwischen den nassen Rasen durch meine Jeans. An der Rückwand des Toilettenhauses war ein Smiley gesprayt worden, aber auch ein lachendes Gesicht konnte mich nicht aufmuntern. Ich hatte Angst.

Die beiden Verbrecher waren beschäftigt und schimpften wie die Rohrspatzen. Der Kleine sprang aus dem Wagen und riss die Motorklappe am Heck auf. Ich schaute Berti an. Wir schauten uns an. Wir mussten etwas tun. Ich drehte mich zu Papa, der leise aufgeregte Töne von sich gab. Er starrte auf meine Schuhe und ich begriff. Natürlich, ich hatte Papas Agentenschuhe an und wusste auch, wie man sie einsetzen musste. Ich hatte es oft genug ausprobiert. Ich schaute zu Papa, er nickte. Also nahm ich alle Kräfte zusammen. Mit einem einzigen Tritt fuhr ich das scharfe Messer des rechten Schuhs aus. Papa schaute mich stolz an. Er war glücklich, seine Agentenschuhe mal in einem echten Einsatz erleben zu dürfen.

»Gut, dass du die Agentenschuhe angezogen hast«, sagte Berti zu mir. Durch das Klebeband klang das natürlich wie »Mhm, Mhm, Mhm, Mhm, Mhm, Mhm«. Er blickte vorsichtig zu den Gaunern hinüber. Er legte sich lang auf den Boden und schaute vorsichtig um die Ecke des Toilettenhauses. Die Luft war rein. Die Mistkerle waren noch immer damit beschäftigt, sich gegenseitig zu beschimpfen. Berti robbte auf mich zu, drehte sich so zu mir, dass er mit dem Rücken vor mir saß, und hielt mir seine gefesselten Hände hin. Ich begann, mit der scharfen Schneidefläche Mamas Wäscheleine zu zerschneiden. Das war sehr mühsam. Schließlich

aber konnte Berti seine Hände auseinanderreißen und rieb sich seine Arme.

Ich hörte die beiden Gauner schimpfen. »Ich ... ich ... ich denke, du bist Autoexperte«, schrie der große Gauner. »Wenn eine Öllampe aufleuchtet, kann das auch ein Elektronikfehler sein«, schrie der kleine Dicke. »Aber nun hat doch was geklappert«, schrie der große Gauner. »Aber nun hat doch was geklappert«, äffte ihn sein Kumpel nach. »Dann hat dieser rothaarige Idiot eben vergessen, das Öl nachzufüllen.«

»Mhm, Mhm, Mhm, Mhm, Mhm, Mhm«, grummelte Berti, was wieder so viel heißen sollte wie: »Ich bin kein Idiot«.

Er riss sich das Klebeband vom Mund und befreite auch Papa und mich von den Fesseln. Ich wollte erst um Hilfe schreien, dann wurde mir klar, dass wir auf diesem einsamen Parkplatz keine Hilfe erwarten konnten. Wir waren allein und mussten uns selbst helfen.

»Die Agentenschuhe«, flüsterte Papa und hielt sich eine Hand an sein Ohr, als würde er telefonieren.

Ich verstand. Man konnte den linken Agentenschuh ja auch als Telefon nutzen. Ich zog ihn aus und drehte den Absatz ab. Im Innern war eine Notruftaste der Polizei eingebaut. Ich drückte sie herunter. Sofort meldete sich die Polizeizentrale.

»Hilfe«, flüsterte ich. »Wir sind überfallen worden. Verbinden Sie mich mit Frau Niggemeier von der Attelner Polizei.« Schnell wurde ich mit unserer Polizistin, Frau Niggemeier, verbunden. Wir hatten Glück. Sie war schon auf der Suche nach uns. Ich erklärte ihr, wo wir zu finden waren. »Seien Sie vorsichtig«, flüsterte ich. »Die beiden Bankräuber sind noch hier und haben furchtbar schlechte Laune.«

Der Streit der beiden Gauner spitzte sich zu. Ich hatte Angst, dass sie ihre Wut an uns auslassen würden. Zum Glück waren wir hinter dem Toilettenhaus ihren Blicken entzogen.

Wo blieb denn die Polizei? Kurz danach hörte ich das laute Tatütata ihres Polizeiautos. Frau Niggemeier musste schon ganz in der Nähe gewesen sein. Nun ging es Schlag auf Schlag. Die beiden Bankräuber sprangen in Bertis Wagen. Sie starteten ihn, aber er ratterte immer noch wie eine Nähmaschine. Sie versuchten trotzdem, mit der Nähmaschine die Flucht zu ergreifen.

Frau Niggemeier sprang aus dem Polizeiauto und zückte ihre Pistole. Sie war nicht allein gekommen. Niggi kam herübergelaufen und nahm mich in die Arme.

»Stehenbleiben!«, schrie Frau Niggemeier den Bankräubern zu und gab einen Warnschuss in die Luft ab. Die beiden Gauner fuhren trotzdem los. Der Wagen stöhnte inzwischen, als wollte der Motor explodieren. Schließlich blieb der VW mit einem dumpfen Knall stehen.

»Kolbenfresser«, murmelte Berti und verdrehte die Augen.

Ich sah, wie der kleine Dicke aus dem Wagen stürmte. Frau Niggemeier schoss noch einmal in die Luft. Sofort blieb der Mann stehen und rührte sich nicht von der Stelle. »Legen Sie sich auf den Boden!«, schrie Frau Niggemeier. Der Bankräuber kniete sich hin und legte sich dann der Länge nach auf den Schotterboden. Der andere Bankräuber blieb im Auto sitzen, weil man die Beifahrertür nur von außen öffnen konnte. Ein zweites Polizeiauto raste auf den Parkplatz.

Wir waren gerettet. Zwei Polizistinnen sprangen aus dem Auto und nahmen die Gauner und die Beute in Gewahrsam. »Wir ... wir ... wir sehen uns in Tahiti«, schrie der dünne Lange uns zu, bevor er in das Polizeiauto geschoben wurde. Der kleine Dicke stand vom Boden auf. Er weinte. Er stieg in das Polizeiauto, ohne uns anzublicken.

Berti ging zu Frau Niggemeier, um sich zu bedanken. Doch als er vor ihr stand, schüttelte er den Kopf und murmelte verdutzt: »Das kann nicht sein.«

Frau Niggemeier steckte ihre Pistole in das Halfter und holte tief Luft. Sie schloss die Augen und holte tief Luft. »Berti«, sagte sie schmunzelnd. »Bist du es doch?« Berti nickte. »Wir haben uns schon vorher gesehen?«, fragte er. »Auf der Beerdigung«, sagte sie. »Ich war mir nur nicht sicher.«

Die beiden lächelten sich an. Frau Niggemeier biss sich auf die Unterlippe. »Die kurzen Haare stehen dir gut«, sagte Berti. Ich staunte nun auch. Die beiden kannten sich. Die beiden kannten sich sogar gut.

»Darf ich dir Nils vorstellen«, sagte Frau Niggemeier plötzlich. »Nils ist mein Sohn.« Widerwillig ließ sich Niggi nach vorne ziehen und begrüßte Berti mit Handschlag. »Du siehst gut aus, Berta«, sagte Berti zu Berta.

Ich glaubte, nicht richtig gehört zu haben. Die Polizistin Niggemeier war Berta. Vor mir standen Berti und Berta. Die Eselliebe. Man konnte sehen, dass sich die beiden immer noch nicht gleichgültig waren. Ich flüsterte Berti zu: »Bruderherz, starte durch.«

Und Berti startete durch. Er lächelte und Berta lächelte zurück. So konnte es weitergehen. Ich ging zu meinem Papa und umarmte ihn. So konnte es wirklich weitergehen.

In Kapitel 20

wird erzählt, wie sich alle gesucht und gefunden haben, und wie das Leben weitergeht … in Atteln und anderswo.

Wir hatten uns alle gesucht und endlich gefunden. Jeder Knoten löste sich und endlich war der rote Faden erkennbar.

Aber eins nach dem andern. Mein Bruder und ich brachten unseren Papa zwei Tage später nach Flensburg. Schon bald verbesserte sich sein Zustand. Er sucht noch immer nach dem zweiten Flugschuh, aber es ist immer gut, wenn man etwas zu suchen hat. Dann wurden wir sehr überrascht, als in der folgenden Woche ein Geldbriefträger uns einem Scheck über 80.000 Euro brachte.

»Mit vielen Grüßen von der Fernsehsendung ›Spaß und Geld‹«, murmelte der Geldbriefträger und überreichte uns neben dem Scheck noch einen Blumenstrauß. Das Geld kam genau richtig, um unser Schuhhaus renovieren zu lassen. Dabei ging es dem Schuhgeschäft Kleine inzwischen schon wieder ganz gut. Berti hatte eine tolle Idee gehabt. Er ließ die Hüpfschuhe in Serie herstellen.

»Hüpfschuhe für alle – auch für Ruth und Kalle«, lautete das Motto seiner Aktion und wirklich: Hüpfschuhe wurden der Renner, pardon, der Hüpfer der Saison.

Und was sonst noch passierte?

Berti hat fast mit dem Rauchen aufgehört und macht mir jeden Morgen einen Kakao zum Frühstück. Irgendwann lud er sogar Berta Niggemeier zum Essen ein. »Das war ein sehr schöner Abend«, sagt Berta seitdem oft und gibt ihm dann einen Kuss.

»IA, IA«, machen Niggi und ich dann immer und sind dabei ganz albern.

Ich trauere immer noch um meine Mama und manchmal lass ich mich auch dabei trösten.

Es gibt einen Weg kurz vor Atteln, an dessen Rändern plötzlich Sonnenblumen wachsen. Dort bin ich manchmal und spreche mit ihr über alles, was mich bedrückt oder glücklich macht. Manchmal darf sogar Niggi mitkommen. So geht das Leben weiter in Atteln und anderswo.

ANNE UND DIE BANKRÄUBER

von Erwin Grosche
Eine musikalische Krimi-Lesung mit Lisa Grosche und Erwin Grosche.
Für Grundschulkinder in der 3. und 4. Klasse.

Lisa Grosche spielt Anne und liest die Kapitel, die aus der Sicht von Anne geschrieben wurden. Erwin Grosche spielt die Bankräuber und liest die Kapitel, die aus der Sicht der beiden Gauner geschrieben wurden. Natürlich kann man zwischendurch dem Lied von den 10 Bankräubern lauschen, wir hören Werbung für Bankräuber, Lautgedichte über Bohrer und Staubsauger und Annes Lieder zu Klavier und Gitarre. Die Lesung wird untermalt von Filmen, auf denen die jeweiligen Handlungsorte zu sehen sind.

Das Buch ANNE UND DIE BANKRÄUBER ist neu erschienen beim »Paderborner Kinderbuchverlag«. Man kann es zur Vor- oder Nachbereitung als Klassensatz beim »Paderborner Kinderbuchverlag« erwerben.

»Paderborner Kinderbuchverlag«
Krämerstraße 8-10
33098 Paderborn
mail@paderborner-kinderbuchverlag.de
www.paderborner-kinderbuchverlag.de

Pressestimmen:

»Eine Geschichte, hart und unberechenbar wie das Leben.«
Deutschlandfunk

»Liebenswert charmant, überdreht und hintersinnig erzählt der Kabarettist zeitgleich ein pfiffiges Roadmovie und einen sensiblen Trauerroman. Genauso eigen liest er zusammen mit seiner Tochter Lisa sein Buch vor – leise, berührend und immer wieder überraschend.«
Kölner Stadtanzeiger

»Die ganze ja eigentlich traurige Geschichte ist so in die spannende und sehr komische Räuberjagd eingebettet, dass man abwechselnd mal ganz bedrückt ist und im nächsten Moment gleich auch schon wieder loslachen möchte.«
KiKa/rbb, quergelesen

„Aus wechselnder Perspektive – Annes und die der Bankräuber – wird eine tragik-komische Geschichte erzählt. Meisterhaft verknüpft der Autor den schmerzhaften Verlust der Hauptfigur mit einem rasanten Krimi. Das funktioniert: ohne Mitleid, oberflächlichem Klamauk oder pädagogischem Zeigefinger. Der fabelhafte Erwin Grosche legt seinen jungen Lesern ein wundervolles Buch vor.“
Anke Scherbarth

Fantastische Grosches!
Schon als Mädchen sang Lisa Grosche auf den Kinderliederplatten ihres Vaters mit. Inzwischen hat sie eine Schauspielausbildung hinter sich gebracht und sich zu einer exzellenten Vorleserin entwickelt. Über schauspielerisches Talent verfügt aber auch der Papa. Urkomisch mimt er die Rollen der beiden unbeholfenen Kleinstadtgauner. Dass der Geschichte niemals der Atem ausgeht, dafür sorgen die beiden fantastischen Grosches.
Niels Kaiser, hr

„Das Buch liegt seit Anfang des Jahres in der Redaktionsräumen und niemand hat es beachtet. Pech. Denn so blieb bis heute unbemerkt, dass dem Komiker Grosche einen der spritzigsten deutschen Kinderromane des Jahres gelang. Zum Selbst- und Vorlesen, lustig, spannend, naiv, neunmalschlau; mit Figuren wie aus dem Bilderbuch. Alles beginnt traurig Am Tag von Mamas Beerdigung irrt der Papa verloren auf dem Friedhof umher. Er ist verwirrt, muss in eine Klinik. Sein erster Sohn Berti, ein Neuzeit-Hippie mit VW-Schrottbus, soll sich nun um Papa und Anne kümmern. Nun zimmerte Grosche daraus eben keine knarrende Beziehungskiste, sondern erfand zwei Bankräuber dazu. Auto-Meier und Brat-Kurt zwei Loser-Typen mit viel Pech an den Stiefeln. Die Sparkassen-Beute der beiden landet versehentlich im Schrott-Bus. Der fährt und die Verfolgungsjagd geht los – auf den verrücktesten Schuhen der Literaturgeschichte.
dt

»Ich habe mir beim Schmökern die ganze Zeit ein glückliches Ende gewünscht. Es gibt eines, sogar mit Überaschungen. Welche? Das wird nicht verraten! Selber lesen!«
Sabine Kaufmann, Musenblätter

»Verwirrfahrt voller überraschender Wendungen.«
P.M. Willi will's wissen

ANNE UND DIE BANKRÄUBER

- Die musikalische Krimilesung ist zu buchen beim
Kulturbüro Nicole Ruppert
Am Wasserberg 3
53343 Wachtberg
Tel.: 02 28/ 93 484 670
kb@kulturbuero.info

PADERBORNER KINDERBUCHVERLAG